加筆改訂版!!

ゴミと呼ばれて

刑務所の中の落ちこぼれ

中林和男
Nakabayashi Kazuo

中林和男出版社

読者の皆さまへ

まえがきの前に

オレが本書を書くに当たって、一番最初に御礼ならびにお伝えしたい御仁がいます。本来なら最初にお名前を出したかった方です。

その方は「阿形充規《あがたみつのり》」先生です。

オレが32才の頃だったので、かれこれ28年くらい前の話であります。当時の阿形先生は現役のヤクザの親分で、住吉会執行部副会長兼本部長代行という重責を担いでおられ、実話時代という雑誌に載っていました。獄中に繋がれていたオレは、その雑誌を見て「かっこいい親分やなぁ～」と、一面識もないのに無礼を弁えず、阿形先生に1回目の手紙を書いたのです。手紙の内容はというと、日用品はおろかコーヒー1杯、アメ玉1つ買うお金もないのでと、いくばくかのお金を投げてくださいとカネの無心をするものでした。

すると阿形先生は快く、オレにとっては過分なるお金と、心温まるお手紙まで送って頂き、そのカネを持ってオレは懲役に行ったのでした。

そして、出所後、再び逮捕され厚かましいオレは、再び阿形先生に手紙を書いて、カネの無心をしたのです。この時は最高裁まで争い、２年２ヶ月間も拘置所に繋がれ、裁判で闘っていました。

情け深い阿形先生は、その間ふたたびオレを支え続けてくれました。にもかかわらず、裁判が終わり刑期が確定し、懲役から帰ったものの、２ヶ月程娑婆にいただけでまた、シャブで逮捕されてしまいました。

結局、口先だけ、上辺だけのオレはバチ当たりにも、阿形先生を裏切ってしまったのでした。一面識のない者に対して、あれほどに情けをかけてくれたのに本当にどうしょうもない恩知らずなゴミ人間でした。

オレは改めて日本一愚かな人間だと、この時に再認識したのであります。

その時の懲役は３年でした。

阿形先生は見ず知らずのオレを２回も助けてくれました。

テレビや映画の中の作られた話ではありません。実際にあった話です。にわかには信じがたい話ですが、オレ自身が体験した１００％本当の話です。真の任侠人というのは阿形先生のことを指すのだと思います。弱い者、困っている者、頼ってくる者に対しては、見返りなどいっさい求めず、そっと手を差しのべることができる正しく任侠の真髄を極められた方です。

オレはこの３年間の懲役で自責の念に苛まれ、自虐の精神で、来る日も来る日も苦しみ

右：阿形充規先生　左：中林和男

続けました。

　そのとき、日々の生活で、もがき苦しみながらも目標をたてました。

「出所したら今度こそシャブを断ち切るぞ」

　そして、オレの情けない半生として、人間の生きていく上での悪い見本としてのノンフィクション自叙伝を綴り、出版するという目標です。そして阿形先生には、出版した本を添えて、これまでの受けたご恩に対しての御礼を言うぞという固い決意をしました。

　ただ、娑婆に出て半年や1年で「シャブをやめました」などと、漫画みたいなことを言って気安く連絡などできません。ましてや何度も裏切り後ろ足で砂をかけるようなことをしています。

そういうこともありこの本には阿形先生のことは書けませんでした。この本を世の中に出して「オレはシャブをやめたんや」と、世間に認めてもらうまでは、とてもとても、阿形先生の名前を出せず、連絡もできなかったのです。

最後の服役であった大阪刑務所を満期出所してから、オレは必死で働き続け、気がつくと11年が経っていました。それから1年をかけて本書を書き上げました。そして12年目に「もう大丈夫だ」と思い、この本『ゴミと呼ばれて　刑務所の中の落ちこぼれ』の初版を出版したのです。

時の流れるのは早くて、出版してからもうすぐ4年が経とうとしています。この度、中林和男出版社立ち上げと同時に少しだけ加筆をして出版することにしました。

懇意にしてもらっている作家の鈴木傾城《すずきけいせい》さんが御自身のインターネットサイト『ブラックアジア』にて、阿形先生とオレのことを書いてくれているので本書の最後に引用させてもらいます。鈴木傾城さんは中林和男出版社立ち上げにあたり、邪魔くさい編集作業、めちゃくちゃ面倒なすべての作業を、忙しい中にあっても快く親切に御手伝いをしてくれました。鈴木傾城さんには心から感謝するとともに、敬意を表する次第です。

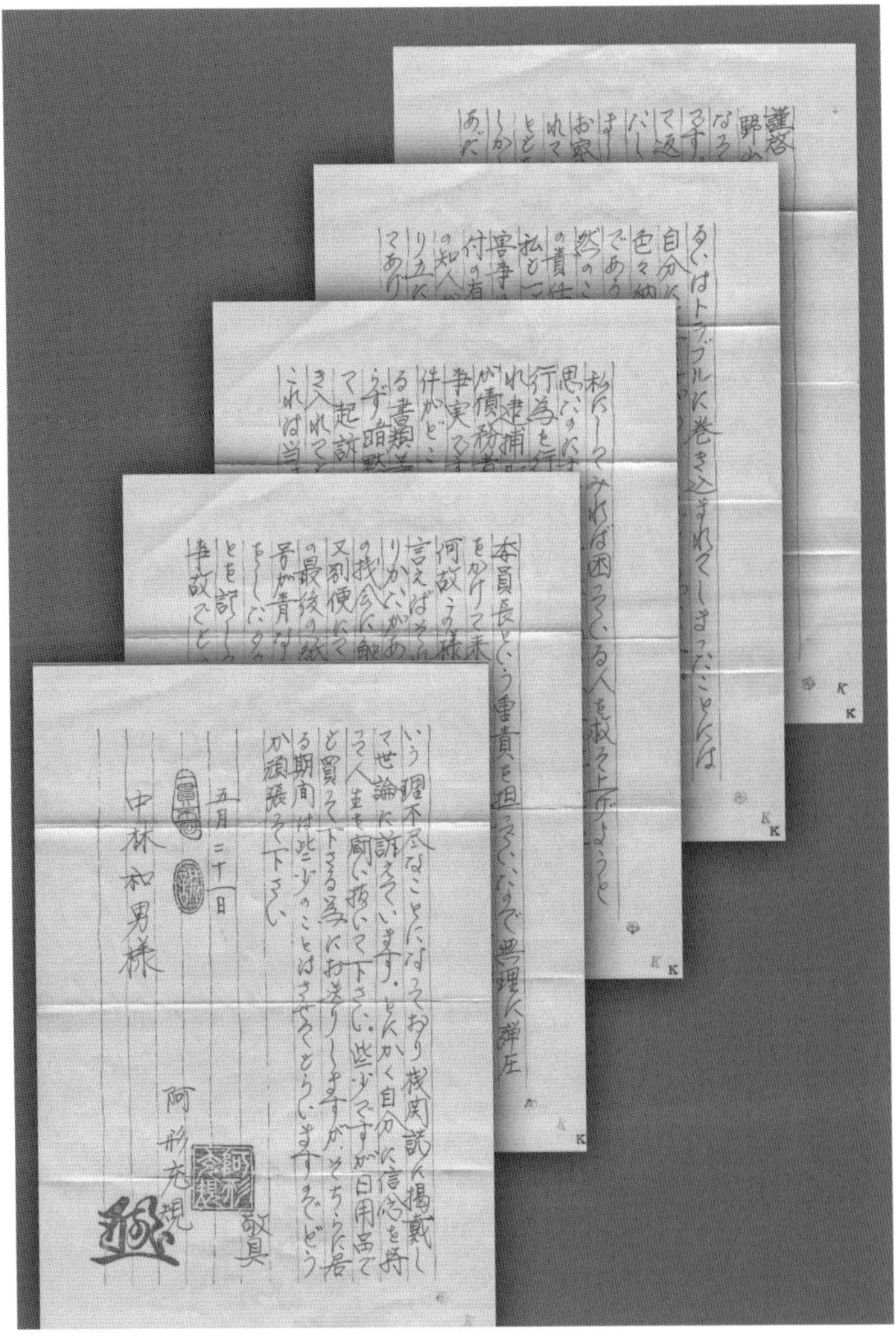
いう理不尽なことになっており機関誌に掲載し
て世論に訴えています。とにかく自分に信念を持
って人生を闘い抜いて下さい。些少ですが日用品でも
と買って下さる為にお送りしますが、そちらに居
る期間は些少のことは[illegible]どう
か頑張って下さい

五月二十一日

阿形充規　敬具

中林和男様

阿形先生より頂いたお手紙

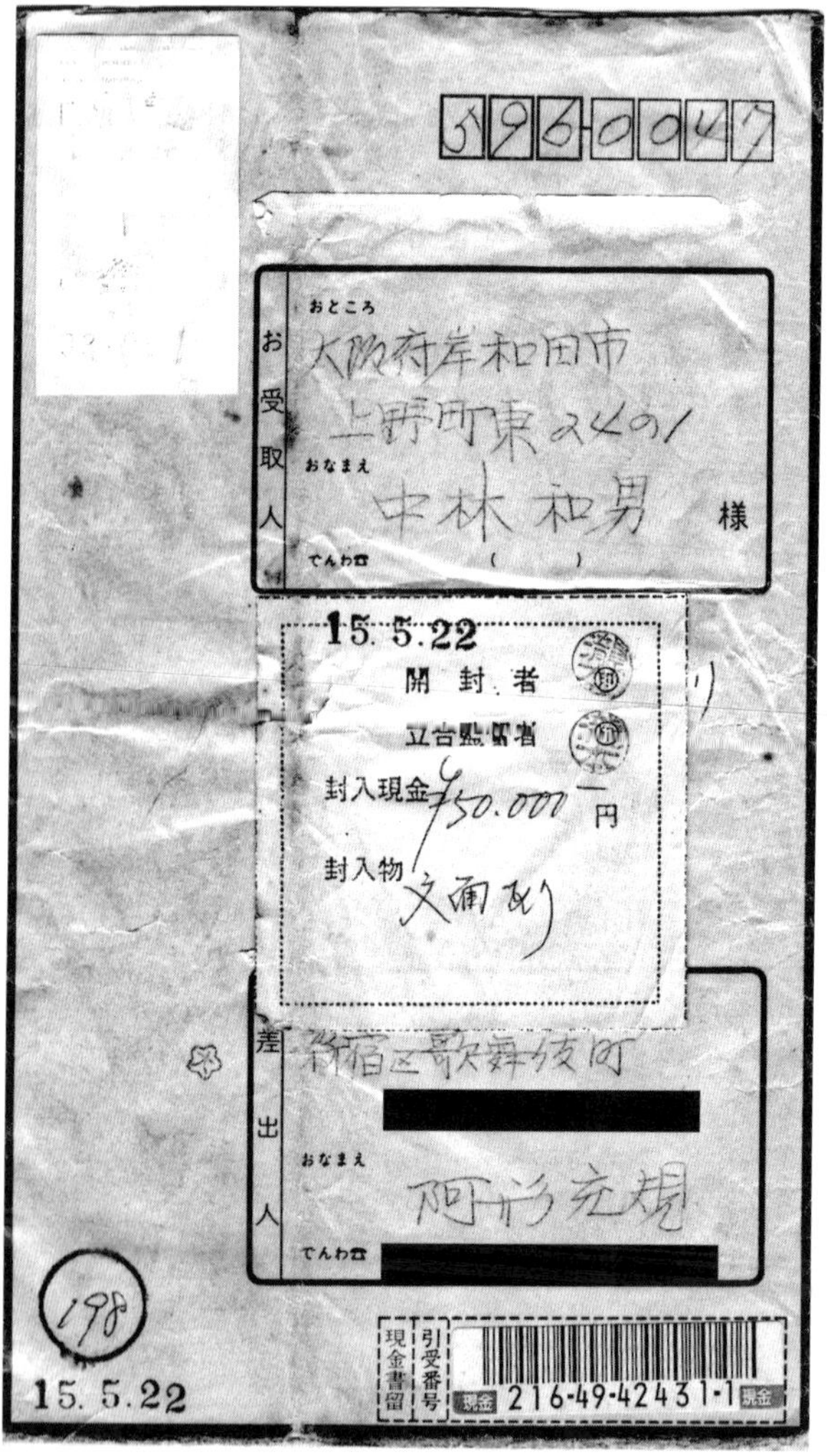

阿形充規先生から頂いた現金封筒は今も大切に取ってある。

まえがき

中林和男といいますねん。

なぜ、この本を書くことになったのか。

それは、オレがどんな人生を送ってきたのかを皆さんに伝えることによって、未来に向かって皆さんの人生を良い方向に導いてもらいたいと考え、そのための参考にしてほしいと思うたからです。

良い見本ではありません。悪い見本として、です。

オレの人生のほとんどは、刑務所暮らしです。

いつしか刑務所が自宅のようになり、娑婆に外泊してはすぐに自宅に戻る暮らしです。恥ずかしいけど、刑務所のほうが「我が家」と呼べるほど長く居ておりました。

また、周りの友人知人よりも、警察や刑務官の知り合いのほうが多いです。

このような境遇ですから、とてもまともな人生を送ってきたとは口が裂けても言えません。

たとえば、20歳の誕生日です。

皆さんであれば、地元の成人式に、仲の良い友人たちとともに出席し「これから立派な大人になるんや」と、期待に胸を膨らますのが普通だと思います。

ところが、です。

オレの場合は、そうではありませんでした。

20歳になるまでに、既に何度も逮捕されておりました。

少年時代に暴行罪で逮捕されまして、小使を取られていて、成人になったその日つまり20歳の誕生日に、警察が逮捕状を持って少年鑑別所まで迎えにきてくれたのです。

成人としての第一歩がこの有様ですから、あとは推して知るべし、やね。

ゴミと呼ばれて　加筆改訂版　刑務所の中の落ちこぼれ◆目次

第2章　覚醒剤の怖さ……65

第3章　留置所・拘置所・刑務所……118

ゴミと呼ばれて

加筆改訂版　刑務所の中の落ちこぼれ

第1章　ケンカに明け暮れた青年時代

学校に友達はいない

生まれは堺です。

政令指定都市でもあり、人口1000万人の大阪の都市圏を構成する重要な都市の1つでもあります。小学3年生までは堺、その後は和泉市で育ったオレです。

しかし、泉州地方はだんじり魂と言いますか、オレが生まれ育った場所は、お世辞にも良い土地柄とは言えない場所でした。小学6年生の時にタバコ、中学1年生の時にシンナーを覚えました。俗にいう、アンパンやね。

シンナー遊びは昭和40年代に、大流行しました。覚醒剤に比べて、ルート的に手に入りやすいこと、値段が安いことなどがその理由でしょう。シンナーをやっている若者は、すぐに分かりました。夕方から夜にかけて、街角などで空き缶の中にシンナーを入れ、缶をくわえてぼーっとしている者の大半がそうやったから。いずれ社会問題となるのは明白でした。年間数万人もの逮捕者を出しましたが、手に入れにくくなると同時に廃れていきました。

ある日、シンナーを吸っていたオレは、知り合いのヤクザのオッサンから声を掛けられました。

「中林《チュウリン》（オレのあだ名）。お前、シャブやったことあるか」

そのオッサンはヘタを打った落とし前として指をつめていて、それがバルタン星人みたいになっていました。

「あたりまえでんがな。何遍もやってまっせ」

中学生の頃から、オレはヤクザ言葉を使っていました。本当は1回もシャブをやったことはありませんでしたが、売り言葉に買い言葉で対応するのが常識であり、見栄を張るのがオレたち不良と呼ばれる者の流儀でした。

オッサンに勧められ、オレはその場でシャブをやりました。中学2年の頃のことです。そのオッサンはベテランの看護師ぐらいの腕前で、オレの血管の中にシャブを注射してくれたのです。5秒ほどすると、足のつま先からすーっと冷たい血が頭のテッペンまで来て、髪の毛が強い磁石で引きつけられるように逆立ち、心臓はドキンドキンと高鳴り、体全体に鳥肌が立って、強烈な快感がオレの体を襲ってきたのです。こんな晴れ晴れとした心境になったことは一度もない。なんていい気分なんやと思ったオレは、あまりの気持ち良さに衝撃を受け、これからはシャブと共に生きようと思いました。これが転落人生の始まりになるとは、その時は思いもよりませんでした。

そんなわけで、中学校にはほとんど通っていません。友達は1人もいなかったのです。

なぜ、友達がいなくなるか。

カツアゲをしていたからです。

「オレはチュウリンや。おい、お前。ちょっと金貸してくれや」

同級生など、自分より強そうな奴でも弱そうな奴でも関係なく、そう言って脅すのです。すると大抵の場合、皆がオレを怖がり、財布ごと出してくれます。オレは財布に入っている金をすべて抜いて、財布を相手に返します。

「ありがとな。ほな、借りとくわ」といった感じです。

持っていないと言われると「ジャンプしてみんかい」と命令します。相手がジャンプすると、大抵チャリンチャリンとお金の音がするので、巻き上げるのです。

こんな調子ですから、学校に友達ができるわけありません。

何度も警察に補導される

友達ができない理由は、もう1つありました。

ヤクザと仲が良かったからです。

ケンカが強かったオレは、中学などの先輩を通じ、すぐに彼らの目に止まりました。それで、彼らと連れだって大阪ミナミのディスコとかに毎日くり出して、街中を肩で風を切り、歩いていました。

ケンカが強い上にヤクザとも知り合い……、そんなオレに、地元では逆らう者は1人もいませんでした。気にくわん奴がいると、親分の運転手をしているヤクザのオッサンに、

「兄貴、1万円渡すから、ちょっと乗せていってくれまっか」

「このキャデラック、ガソリンよう食うからのう。1万5000円くれるんやったら乗せていったるで」

と、当時はまだベントレーやベンツとかではなくアメリカのキャデラックやリンカーンコンチネンタルのリムジンで、一目見ただけでヤクザが乗っていると思われる不気味で恐ろしい車に乗せてもらい、相手の家まで行くのです。相手はもちろん、その両親までビビってしまい、「チュウリンはヤバイぞ」と噂が広まっていったのです。

元々オレは数で物事をするのは好まないタイプです。ケンカする時はサシの勝負で、ケ

ンカに卑怯もクソもないので勝ったらええんやと、スポーツマンシップにのっとってケンカするのではないから、常にカッターナイフを持っていたので先手必勝で相手の体のどこかをハツってやるのです。そして相手はそれで戦意喪失するのです。とことん相手に恐怖を植え付けるまでバッチバチにどつき回すが、覚醒剤を覚えてからは特に体力も落ちているので、なるべく手間のかからないビビらせ方をしていたのです。「オレの言うことが法律や」みたいな時期もありました。イケイケのチュウリン、ヤカラのチュウリンとオレに逆らう者は誰もいませんでした。他校の人間はオレのことを中国人と思っている奴もいました。「チュウリン」と呼ぶ発音が違うのです。

覚醒剤をやっていると、ある問題が発生します。

金が必要になるのです。

同じ学校の同級生にカツアゲしているぐらいなら問題になりませんが、学校には行かなくなりましたし、学校の外で他校の生徒や知らない人をカツアゲするようになりました。

こうなると、カツアゲでは済みません。

恐喝です。

恐喝で、オレは何回か警察に補導されました。さすがに中学時代は小便を抜かれたことはありませんでしたが、ただ、あまりに補導が繰り返されるので、この頃から警察には問題児として認識され始めたようです。

極道の世界へ

中学校を卒業したオレですが、高校には入学しませんでした。

元々勉強は嫌でしたから、高校に行ってまでやる気が起きませんでした。中学時代からヤクザの事務所に入り浸っていましたから、オレは自然と極道の世界に足を踏み入れることになったのです。

当時は毎日のように揉め事がありました。一本独鈷の組織が数多くあったからです。すると、ポケットベルがよく鳴りました。返事は、公衆電話から事務所に電話します。

「もしもし和男です」

「おう、和男か。『8時だヨ！全員集合』や」

「8時に事務所に集合でっか？」

「違う。今すぐ全員集合や」

最初は意味が分かりませんでしたが、「8時だヨ！全員集合や」と言われたら「今すぐ全員集合」するんやなと、2回目からは分かりました。

ただ1回だけいつものように「8時だヨ！全員集合や」と言われてすぐに事務所に行くと、事務所当番のオッサンが、「明日の朝、本家の先代の親分の墓参りやから朝の8時に集合や」やて（笑）。

ところで、「8時だヨ！全員集合や」と組員全員に招集かけて、オッサンは100％電話を切る時に「ジャネット」と言うのでした。

どういう意味か気になっていたので、オレは事務所に行って尋ねました。

「兄貴、毎回毎回電話の最後に「ジャネット」と言うて電話を切るけど、なんかのおまじないでっか？」

「和男よ、お前は大阪でヤクザしとってジャネットの意味も知らんのか？　アメリカ行ったことないやろ？」

「ラブホテル『アメリカ』なら2回行ったことありまっけど」

「あほか、パスポートのいるアメリカのことを言うとるんじゃ、アメリカ合衆国の、マイケル・ジャクソン知っとるやろ。マイケルの妹がいてるんや、ジャネット・ジャクソンや。ワシはジャネットの大ファンなんや。ヤクザしててジャネットのこと知らんかったら、ヤクザの話についていかれへんど。ワシはジャネットが大好きなんや。大阪でヤクザしてたら皆知っとるがな。そやからな電話を切る時にやなぁ、それジャーーまたねという意味で、ジャネットと言うんやないけ」

「なるほど」

オレもこの日から親分以外、誰かと電話で話をして話が終わり電話を切る時には必ずバイバイの代わりに「ジャネット」と言って切るようになりました（笑）。

また、ある時はオレがはめていたパテックフィリップという本物なら200万円はするであろう、当時まだ珍しいコピーの時計を見て、「和男よ、お前ええ時計しとるやないけ。150万ぐらいしたやろ?」と言うので、「兄貴、これコピーでんがな。2万円で買いましたんや」と言うと、「何、2万円?　2万5000円で売ってくれへんか?」と、ユニークな人が多かったです。

ある日、組事務所でマユ毛から『オレたちひょうきん族』のタケちゃんマンのようなスミを入れて、手首から足首まで全身にイレズミが入った兄貴分とチンチロリンをしていると、突然親分が来られて、

「おう、和男。暇そうやな。まあええから付いてこいや」

と言って、連れていってくれました。

そこは「賭場」でした。それも、山口組の直参クラスの大物や一本独鈷の代紋頭クラスの親分衆ばかりの手配博奕でした。

極道の世界には、大きく分けて「テキヤ系」と「博徒系」の2つがあります。オレは、博徒系のヤクザになったというわけです。

ここで賭場について説明しておきます。

賭場とは、あらためて言うまでもなく賭博が行われる場所のことです。地方や組によっては呼び方がいくつかあり、盆中《ぼんなか》、盆、場、敷《しき》、鉄火場《てっかば》とも言われます。

賭場は非合法な場所です。

日本ではお金を賭けることは禁止されていますから、警察に隠れて開く必要があるのです。そやからまず、一般人の方には、どこで開かれるのかその場所は秘密です。また、たとえ場所が判明したとしても、日時が分からないことには、そこを訪ねても何もありません。開かれる方法は様々、というわけです。

第一に、場所と日時が決められ、毎日開かれている賭場があります。このような常設賭場のことを「常盆」と言います。

第二に、お客さんに「○月○日、××で賭場を開きます」というお知らせをして、臨時で開かれる賭場を「手配博奕」などと言います。

実は賭博場は、一説には平安時代の昔から存在したと言われており、１０００年以上の歴史があります。その歴史は、いかにして官憲の摘発の目を欺くかという戦いです。

一番重要なのは場所です。昔であれば、公家の屋敷や大きな寺となります。法の影響が及びにくい場所が基本となるのです。

オレは賭場が好きでした。賭場は非日常の場です。ここでは大金が右から左へと瞬時に飛び交います。そこには長年培われた独特の歴史と作法がありました。オレが行っていたのは、手本引きと賽本引きの博奕場でした。

初めて訪れた時、オレはまったく勝手が分からなかったのですが、その独特の緊張感に興奮し、魅了されたのをよく覚えています。

何をしたらいいのか分からないので、親分の後ろに座ってその様子を見ていました。

すると、気前のいい親分の友達の組長が「若い衆よ。いき祝いや」と言って、オレに10万円をチップのようにポンとくれるのです。

その多くは、親分が「若い衆にやれ」と言って渡してくれたものでした。

座っているだけでお金を貰えるとは、これは割のいい仕事やと正直思いました。

オレの父親が1カ月、汗水流して働いて稼いだのと同じぐらいの金額を、数時間でポンとくれるのです。オレが16歳の時です。

もちろん、それを貯めていたらお金に困ることはないのですが、オレの場合は即、そのお金は覚醒剤購入の資金となったり、西成の常盆に出かけ自分で勝負しに賽本引きを張りに行ったりしたので、お金にはいつも苦労していました。

こんなオッサンにはなりたくない

オレの地元に「定やん」というオッサンがいました。

オレは16歳の時、このオッサンの家まで1週間に1回シャブを買いに行っていたのですが、オッサンは「おはようさん」この6文字を言うのに5秒、調子の悪い時は10秒ほどかかっていました。

「おおおおおおおおはようさん」

これは普通です。

調子の悪い時には「おおおおおおお、おおおおおおおお」と言いながら、しまいに白目を剥き出して「おおおおおはようさん」と、「おはようさん」を言うのに10秒ぐらいかかるのです。そして「かかかかかかかかかかずおよ、おおおおおおおおおおおおおまえ、まままままいかかかかかい、よよよよよよなかに、きききききやがががががががががががって。こここここここここら」と、白目を剥きながら話をするのです。

オレは、このオッサンみたいにはなりたくないと思っていました。元々なのか？　シャブを打ち出してからなのか、分かりません。定やんがパチンコを打っている姿を見ていると、パチンコの台のガラスのところに顔を10センチぐらいまで近づけて、朝から「蛍の光」がかかる夜の10時まで必死で打っています。「蛍の光」が流れているのになかなか帰ろうとしません。店員が4～5人、定やんの周りに立って苦笑いしています。

定やんは、シャブ屋の割には結構ええ一軒家に住んでいて、「定やん、いつものやつくれまっか」と言ったら、本人が出てきてシャブを売ってくれていたのです。

ある日、いつものように定やんの家に行き、夜中の1時頃にピンポーンと鳴らすと、定やんの奥さんが出てきたので「和男でっけど、定やんおってですか?」と言うと、怒ったような言い方で「寝てるワ。こんな夜中に帰ってくれる」と言われたので、カチンときて、こっちもシャブが欲しいから、

「シャブ屋が寝てるて、コラ、おかしいやろ。ハラくくってシャブ屋しとんのやったら、ローソンみたいに24時間営業にせんかい。365日オールナイト営業にせんかいて言うとるんじゃ～」

と言うと、2階の電気がついて定やんが起きてきて、階段をドンドンドンドンとえらい勢いで降りてきて、日本刀抜いて「かかかかかかかかかかずお、おおおおおおおおんどどどれ、こここここここら」と言いながらオレのとこに向かってきたのです。

えらい怒っとんな、このオッサンと思い、こういう場合は逃げたほうがええなと走って逃げましたが、追いつかれてしまい、「かかかかずお、おんどれ、わわわわわしに、ヤヤヤヤカラ言うとんのか?」と言われ、オッサンに背中を斬られたのです。その傷は今でも背中に残っています。

後日、足の速い定やんに聞いたことがあります。

「定やん、オレも小学校の時、結構走りには自信があったんやけど、定やん、なんでそんなに走り速いんでっか?」

すると、オッサンはこう言っていました。

「ワワワワワワワシはのう、ちゅちゅちゅ中学の時にひゃひゃひゃ100メートルでしししししし市の新記録出して、せせせせせ清風高校かかかかからススススススカウトきき来たんや」と、勝新太郎さんが演じてらした『座頭市』みたいな目をして必死でしゃべっていました。

ある日、定やんが言いました。

「かかかかずずずおよ、ワシはとととうとう○×ぐぐぐみのしゃしゃしゃしゃしゃていで、だだだいもんもももったどーっと。ワワワシはべべべべっかかくや」と。

「なんででっか？」

「ワワワシはじじじむむしょとととうばん、めめめめんじょや」

冷静に考えると、事務所にかかってきた電話に「○×組本部」と言うのに10秒もかかっていたら、電話取られへんやろうということです(笑)。

その頃、こんなオッサンにはなりたくないと思っていたオレですが、今はシャブの後遺症で滑舌が悪く、調子が良くない時は「おおおおおはようございます」と、定やんのようになってしまいました。それ故、シャブを断ち切った今でも世間はオレがシャブをまだやっていると思っている人は多いでしょう。

覚醒剤の気持ち良さ

ところで、覚醒剤の気持ち良さとはどういうものか、ご存じでしょうか。

言葉では言い表せないほどのものです。これはやった者にしか分かりません。世の中にこんな気持ちがええもんがあるのかと思うぐらいです。世界の幸せを独り占めしているような感じです。生きてて良かったなぁと、打つたびに思うのです。

こんな言葉では伝わらないと思うので、たとえ話をします。

ステージママと呼ばれる人がいます。子どもを芸能人にしたい、宝塚音楽学校などに入学させたいという理由で、歌やダンスのレッスンなどに我が子を熱心に通わせる親のことです。家族一丸となって長年たゆまぬ努力をし、念願の試験を受け、ドキドキしながら合格発表を見に行きました。掲示板の受験番号を目で追っていきます。

ない、ない、ない、ない……あっ、あったあった～。やったあ～合格だ。

やった～、やった～、うれしい、やった～。

うれし涙を流しながら家族で抱き合い、喜びがスーーッと湧き上がってきます。何年もの努力の末、やっと報われた瞬間です。その喜びたるや想像がつくと思います。

覚醒剤の恍惚感というのは、薬を使用するだけでこれと同じぐらい、いやそれ以上の感覚が簡単に味わえるもの、と認識してもらえばいいと思います。

もう1つ、スポーツで例えます。

野球でいうと9回裏、2アウト逆転満塁サヨナラホームランを打った時のような感覚です。何万人もの観客が一斉に立ち上がり、その選手を祝福しています。お立ち台に上がってヒーローインタビューに答え、まるで雲の上に乗っているような晴れ晴れしい感覚を覚えるでしょう。そんな瞬間の気分を想像してみてください。

覚醒剤使用で、もう1つ重要な問題があります。

セックスです。

最近ではキメセクと呼ぶそうです。行為の最中に男性の感度が上がるのは言うまでもありませんが、女性のほうがやめられないのが現実です。男性はペットボトルに入った精液がドドドドーッと一気に出るような感覚になります。オッサンおおげさとちがうんかい？と思われるかもしれませんが、極端な話でもなんでもなくそんな感じになります。

昔「クリープを入れないコーヒーなんて」というCMがありましたが、クスリを一度でも使ったセックスを女性が経験すると、このCMと同じく、使わない場合が考えられなくなるのです。

なぜか。

理由は単純です。男は1回しかいけませんが、女の人は回数の制限がないからです。だから果てしなくやってしまいます。それもシラフでは1Fから地下1Fぐらいに落ちるのが、シャブを入れると一気に地下20メートルぐらいに落ちる、そんな感覚で長く深く何回もイクのです。そして、男と覚醒剤に依存し、無限のループ地獄から抜けられなくなってしまいます。

20歳ぐらいのモデルみたいなかわいい女の子が、50歳くらいの歯が1本もないシャブ屋のオッサンの女になっていたりするのは、そのためです。単にシャブが欲しいだけで……。

そして覚醒剤をしている女の子は、一部を除きシャブを持っている男となら誰とでも寝るのです。「みんなの○○ちゃん」みたいな女の子が何人もいるのです。そういうこともあり、シャブの世界の人間は兄弟分ばかりです。盃を交わした兄弟分ではなくて、下半身に人格のない人が多いから、皆、下半身の穴兄弟なのです。直々の兄弟分や廻りの兄弟を合わすと、ほとんどの人間が下半身だけは兄弟分なのです。

覚醒剤は、本当に恐ろしい薬なのです。

刑務所に行った回数

ここで、オレの犯歴を紹介したいと思います。

犯歴23犯　前科11犯。45歳までオレは合計9回、少年院と刑務所に入りました（少年院

1回、刑務所8回)。これだけ捕まる人は、かなり稀だそうです。イリオモテヤマネコみたいに目をギラつかせて、眠らずフラフラになるまでウロウロするからです。

1回目の入所は、17歳の時でした。

17歳は、成年ではなく「少年」のカテゴリーに入ります。少年は、普通の裁判所で裁判を受けることになりません。家庭裁判所で「審判」を受けることになります。

17歳の時に小便を抜かれ、覚醒剤使用の罪で、家庭裁判所にて審判を受けました。オレはそこで「中等少年院送致」を言い渡されました。

皆さん、少年院はご存じだと思います。

場所は、忘れもしない「播磨中等少年院」でした。現在は「播磨学園」という名前に変わっています。播磨中等少年院は兵庫県加古川市にあります。山奥にある少年院ですから、ヘビなんか毎日のように見かけます。少年院の先生からはマムシにかまれないように注意され、かまれた時の対処法も教わったことを思い出します。近畿地方には8つの少年院がありますが、実はどれも同じ教育や矯正教育が施されるわけではありません。各々について特徴があるのです。

播磨中等少年院には別名がありました。播磨トレーニングスクールです。

なぜ、このような通称がついたのか。

教官から徹底的に鍛え上げられるからです。ここは、運動と農作業が〝売り〟の少年院でした。心身ともに徹底的に鍛え上げるわりです。

少年院での一日の生活を簡単に説明しておきます。

基本的には普通の学校と変わりなく、寮に入っているぐらいの感覚でしょうか。ただし様々な規則が定められており、それぞれのスケジュールにおいて常にキビキビと動かねばなりません。もちろん私語は厳禁です。

朝早くに起床し、洗面などを済ませて朝食を食べると、午前中、授業の他は基本的にトレーニングに割り当てられます。内容は、ランニング、スクワット、腕立て伏せなどです。回数は異常に多いです。たとえば、スクワットなどは１００回以上は当たり前です。慣れるまでは、これが相当キツかったですね。昼は12時ちょうどに、昼食となります。

食事は、朝昼晩の3回あります。刑務所や少年院の食事は「臭い飯」と世間では言われておりますが、現実にはそうではありません。不謹慎かもしれませんが、味は正直いって「うまい」です。調理法が美味しいのはもちろん、食材が普通とは違い、自分が栽培したものを使用するからです。実は播磨中等少年院の敷地は相当広く、その中に専用の畑があります。スイカやカボチャなど作物別の育て方を全部教わりました。ブタも飼っていました。

夕食後は多少の自由が許されます。自己学習や面接、テレビ視聴などをすることができます。ただ、入浴は毎日というわけではなく、週に2回だったと記憶しています。部屋は数人単位の相部屋ですから、仲間と雑談してもかまいません。

そんな生活が半年間続き、昭和55年9月8日、めでたく仮退院となりました。

世間では、もんた&ブラザーズの「ダンシング・オールナイト」という歌が大ヒットし、毎日のようにテレビであのハスキーな歌声が流れていました。また、松田聖子さんの「青い珊瑚礁」が大ヒットしていて、かわいらしい女の子も『天才バカボン』のパパみたいなユニークな顔の女の子も皆、聖子ちゃんカットをしていたのを記憶しています。

2回目の入所

19歳の終わりの頃のことでした。

オレに逆らった奴を一方的に殴ってしまい、暴行で逮捕されてしまいました。相手方が病院に行って診断書をあげて警察に被害届を出すと罪名が傷害に変わるのですが、診断書をあげなかったので暴行罪での逮捕でした。

逮捕時、小便を抜かれ取り調べが終わった後、警察署から移送され鑑別所に入っていましたが、20歳のバースデイの時に刑事が来ました。

「チュウリン、20歳の誕生日おめでとう。プレゼントや」

そう言って、覚せい剤取締法違反の逮捕状を見せマイルドセブンを1本渡されると、100円ライターで火をつけて祝ってくれました。当時はまだ刑事が逮捕した人間にタバコとかをくれたええ時代でしたが、現在は時代が変わり警察署ではタバコも吸えないようになっています。

そして裁判となり、結果、暴行罪と覚せい剤取締法違反で懲役1年、執行猶予3年を貰うことができましたが、半年もしない間にシャブでもう一度逮捕されてしまい、今度は1年4カ月の実刑を言い渡され、合わせて2年4カ月の刑が確定しました。その行き先は、姫路少年刑務所です。

ところで、少年院と少年刑務所には明確な違いがあります。

少年院は、家庭裁判所から「保護処分」として送致された少年に対し、その健全な育成を図ることを目的として矯正教育、社会復帰支援などを行う施設です。つまり、少年に健全な社会復帰を促すための〝矯正教育〟を受けさせるところなのです。

これに対して、少年刑務所は犯した罪をつぐなう懲役です。略して少刑《しょうけい》と呼ばれています。「少年」という言葉が用いられていますが、実態は違います。数で比較すると、20歳未満の少年はほとんどいません。20歳から26歳までの成人が収容されているのです。ですから、現実的には「青年刑務所」と呼んだほうが、実際のニュアンスに近いかもしれません。

そんなわけで、20歳で入所したオレはどちらかというと年少者になり、年上ばかりの少年刑務所は、窮屈この上ない施設でした。年上の受刑者とケンカを繰り返し、金属工場に配属になったオレは、金属のバリ取り（カス取り）の仕事をしていました。

ある日、ケンカとなり、相手の目を鉄のヤスリで突いたりしました。幸か不幸か、その時はこのガキの目玉つぶしてもうたる。姫路少年刑務所の伝説の男になったるぞと、思いっきり目を突いたわけですが、目の3センチほど下の骨のところに鉄のヤスリの先が当たったのでした。狙い通りに目玉をつぶしてたら、確実に2年は増刑されていたでしょう。

そして、姫路少刑で一番うるさかった「スマイル」というあだ名の刑務官に逆らって職員暴行で懲罰を受けたりと、やりたい放題して少刑を務めました。

それ以外にも、姫路少年刑務所に送られる前に大阪拘置所の分類センターというところがあって、そこでもケンカしたのですが、殴り合いでは楽勝だったのに最後に箸でほっぺたを刺されて、ケンカで勝って勝負に負けたみたいなこともありました。

ちなみに、播磨中等少年院で一緒に生活した人と姫路少刑で一緒の工場で務めた人、2人の人が現在、六代目山口組の直参と呼ばれる直系組長に出世されています。

刑務所でのケンカのパターン

姫路少年刑務所は、再犯の代紋持ちのヤクザばっかりの刑務所で、すぐにケンカです。皆、ワシが一番やと思っているので、頻繁に起こるのです。

ケンカの原因は何か。

理由は何でもいいのです。一番多いのが、常日頃から気にくわん奴が音の出ない強烈なオナラという毒ガスを至近距離から発射します。すると隣から思いっきり臭い匂いが漂ってきます。

「お前、屁こいたやろ」

「オレやない」

「この匂いはオンドレの屁じゃ。匂いに名前、書いとる」

「それでも、オレやないで」

「いや、絶対お前やろが。ワシに臭い屁をかましやがってコラ！」

となり、腕ずくでの決着です。

面白いのが、屁こいたこいてないのケンカでも「山健じゃ、コラ」とか代紋を出すのです。「山健組の屁が匂われへんのかい、ワシにケンカ売っとんのか？山健組にケンカ売っとんのか？」となるのです。

他にも、やったこともないくせに「ゴルフコースで70で回ったことある。ワシはシングルや」とか、行ったこともないくせに「帝国ホテルの銀座久兵衛の一貫４千円の寿司はうまいでっせ」と能書きの多い奴がいました。だから、何かあったらあげ足すくうてもうたると待ちかまえているので、臭い屁の一発でもかまされると、

「オンドレ、ボウリングしかやったことないやろう？　オー、吉野家ばっかり行っとるくせに、ええかっこするなコラ」となり、

「なんやコラ。ワシは加茂田じゃ。ワシが言うとることは加茂田重政（三代目山口組組長代行補佐加茂田組組長のちに一和会副会長兼理事長）が言うとるんじゃ〜」

「うるさい」

と、即ケンカとなるのです。

また違う日に、ある人間がマージャンの話をしていました。リーチかけて、リー即ツモでどうの、またリーチ、リーチと。そしたら京都の会津小鉄会の人間が突然怒り出しました。

「お前コラ、うちの親分の名前を呼び捨てにしやがって、なめとんのかあ？　なんでうちの親分を呼び捨てにするんじゃい。うちの三代目親分は図越利一《りいち》じゃ、コラ」

それ以外に、こんなこともありました。韓国人で金さんという人がいました。ある日、金さんが本を真剣に読んでいるのに横から「金さん、金さん、それでまた、金さん」と話

しかけるおしゃべりな受刑者がいました。その日は金さんの機嫌が悪くて、「やかましんじゃいさっきから。お前コラ、ワシは遠山の金さんちがうどォー、コラ」と、ケンカとなるのです。

今、振り返ると、実につまらない「笑って済ませられる」ような内容です。

でも、入所して好きなことができず制限付きの生活が長引くと、些細なことがケンカの種に発展していくのです。

大便を塗りたくる

ケンカなどバレずにできるやろう。一般の人はそう思うかもしれません。

しかし、オレの経験上、刑務所内でバレずにケンカすることは不可能です。刑務官の目がありますし、監視カメラが随所に備え付けられているからです。

それで、ケンカが見つかるとどうなるか。

見ていた刑務官は、すぐに非常ベルを押します。すると、たくさんの刑務官が一気に集まり、ケンカの当事者同士をあっという間に引き離してしまいます。その人数たるや、驚きです。こんなに来る必要があるか、というぐらい集まってきます。まるで砂糖に群がるアリのようです。ケンカには数で対処するのが有効だと思い込んでいるようです。

ケンカしていた当事者は、分けられた後、保護房に入れられます。オレは何度、保護房に入れられたことでしょうか。正確には数えられませんが、思い出すだけでミジメになります。なぜなら、保護房には何もないからです。本の1冊もないので、やることはありません。六畳ほどの部屋にあるのは、監視カメラと便所だけです。

保護房に入れられると、正座か胡座のまま、朝から夕方まで正面のドア方向を向いて座っていることを強要されます。オレが少刑時代、ケンカすると革手錠をかけられていました。利き腕は腹の前、反対の腕は背中側に固定されてしまうのです。丸々3日間はめ続けられて、正直苦しかったです。人権上、革手錠がされなくなると、オレの場合は、刑務官に一矢報いてやろうと〝あること〟をよくやりました。

保護房に入ると大抵の人は出してくれと言うのですが、オレの場合は、「オレの尻にカビが生えるか、保護房の床にカビが生えるか、勝負したる」と持久戦にもっていくのです。

その方法はこうです。

保護房とはいえ三食ともメシが出るので、口から入れた物は下から出るので大便を壁全体に塗りたくるのです。

なぜそうするのか。

保護房には、最長7日間ほど入れられた後、出されます。すると、大便はどうなるか。

もう想像はつきますやろ。

あとは刑務官である彼らが掃除、タワシなどで一生懸命、掃除しなければなりません。水をかけてタワシなどで大便をこすると、新鮮な香ばしい匂いが蘇るのであります。

愚痴をこぼして刑務官があとで告白してくれました。

「中林の大便掃除には、迷惑かけられたわ。2、3日メシ食われへんかった。大阪刑務所で中林がこれまで一番、職員を困らせたやろ。間違いない」

憎たらしい刑務官がそう言って感情的になって、あれこれ嫌がらせをしてくるのです。獄中で何をされても表に出ないので、ネチネチと嫌がらせをしてくる刑務官が多かったです。一口に大便を壁に塗りつけたなどと、にわかに信じられない人もいるでしょう。いくらノンフィクション自叙伝と謳っている本でも、ほとんどが作り話しであり作文です。しかし本書は100%本当のこと、真実のみを綴った本であります。

オレがどれだけ刑務所の中でやりたい放題していたか？　また、刑務所というところは、どれだけの嫌がらせを受けるところか？　読者の皆さんにも、十二分に知ってもらう必要があるので、オレの民事裁判の判決謄本を最終ページあたりに掲載します。

刑務所に行った事のある人ならお分かりになると思いますが、刑務官が軍隊方式の怒鳴るような大きな声で、「キョウツケ」「レイ」「ナオレ」とかは当たり前の話し強制的にさせられるのですが、判決謄本ではそんな事実はないという。

刑務官の報告書だけを証拠採用し、オレの主張などは全く採用してもらえない、えこひいき裁判です。「法の下の平等」ではなく、「法の下の不平等」です。

また判決謄本にもあるように、受刑者にも本を買う権利があります。オレが懲罰中に「本を買うから用紙をくれ」と言うと「本は買わせない」と言います。「長い懲罰だ、終わってから買ったらどうだ？」などと言うのです。

月刊紙などは１日発売とか15日発売とか、月末発売とか色々様々です。１日発売の本は１日までに15日発売の本は15日までに買わないと、その月の号の本は読めなくなり、次月の号の本になるのです。その時点で読みたい本は読めなくなっています。だからオレは違法だと言っているのです。そして、オレが民事裁判の手続きに入ったのが分かると、刑務所側は慌てて「本を買っても良い」と許可を出したのです。

ならば、なぜ最初から買わせないのだ？　刑務所での本の購入は何月号とかは指定できないので、受刑者が「本を買う」と言ったら買わさなければならない。差別バリバリ、違法バリバリの誰にでも分かる事柄を、インテリボンクラ裁判官は違法ではないと断じます。

また速達で出した手紙を１週間～10日間も事務所で保管しているのです。「速達の意味がないだろう」（笑）。嫌がらせも、ここまでくると逆に笑ってしまいます。毎回速達で手紙を書いて「すぐに面会に来てくれ」と言ってるのに、２週間ほど経ってから面会にくるのです。「これはおかしい」と思い、電報を打って「至急伝えたいことがあるので面会たのむ」と伝えても、面会に来たのは2週間後です。

「2週間もなにしとったんや？」

「電報は今日の昼過ぎに来たからすぐにとんできた」

刑務所側に問いただすと、「この電報を出していいのか？　ダメなのか？　検討していたので、しばらく事務所で保管していた」などと言う（笑）。ここまでくるとコントです。急いでるからこそ高いカネを出して打った電報を、オレには内緒にして事務所で保管していたなどと言うのです。刑務所というところは通常では考えられないことでも平気でする意地悪な場所です。

もう、この人らの言い訳は何とでもなるわけです。政治家の後付けの嘘と同じです。

例えば、
国会で「○×大臣あなたねぇ～何年の何月に暴力団の組長とご飯を食べてましたね？どうなんですか？　事実なんですか？　この話は？」
○×く～～ん
「そのような事実は一切ございません」

「間違いないですか？」

「間違いございません」

数日後の国会で

「○×大臣、何年の何月何日、暴力団組長とご飯を食べている写真がこの雑誌にはっきりと写ってるじゃないですか、なぜ嘘をつくんですか？」
○×く〜〜ん
「わたくしは、嘘などついていないです。この時は、ご飯ではなくラーメンと餃子を食べていたので、ご飯は食べていないと正直にも申し上げたまでであります」（笑）

このような感じで、あと付けでなんとでもなるような言い訳をしてきます。獄中で徹底的に刑務官に逆らうと嫌がらせも、幼稚園児なみになってくるので、ついつい笑ってしまうのです。

そして、オレみたいな処遇困難者は、差別を受けまくります。そもそも裁判官などは刑務所の中の事は何も知らない訳です。もし知っていたとしても、オレみたいなコテコテの犯罪者には、「オマエには人権などない」と、あからさまに刑事事件でも、民事事件でも摩訶不思議な判決の連発でした。

一つだけハッキリ言えるのは、国家公務員と我々犯罪者の、いわゆる喧嘩裁判は、裁判官という公務員が、同じ公務員である刑務官の肩を持ち平等に扱われないということだけは、ハッキリしているのです。

これは喧嘩両成敗の鉄則にももとる片手落ちの非難は免れません。オレ自身ここまで大恥を晒した油虫以下の人間だし腐れ汚れ人間です。娑婆でも刑務所の中でも、ここまで無茶苦茶をして己れの我を押し通して生きてきた究極のゴミ人間でありました。しかしある日を境に、「せっかく、この世に産まれてきたのだ。死ぬ時には満足感と安心感を持ってあの世に逝きたい」と、自分自身で悟りを開き、自分の意志で生き方を180度変え完璧に立ち直りました。100％更生不能と言われていた中林和男が奇跡を起こしました。

この現実と真実だけを伝えるとともに、そして、シャブの本当の恐ろしさを世間の皆様に知ってもらうこと、また獄中に繋がれている人やその家族の方たちにも「落ちるところまで落ちてしまったが己れのやる気一つで這い上がって復活をとげた中林和男を手本にしてくれたら」この本を出版した甲斐があり、幸甚です。

刑務官のタイプ

ところで、刑務所内で収容者を監視する刑務官には、色々なタイプがいます。

だいたい東京スカイツリーの展望台から思いっきり上から物を言う人が多いです。元総理大臣の麻生太郎さんや、元東京都知事で、百条委員会で必死で5000万円をカバンに詰め込んでいた作家の猪瀬直樹さんタイプが多かった。とにかく上から物を言う人ばかりである。そんな人たちが集まっている刑務官でも真面目、不真面目、厳しい、優しい、など実に様々です。刑務官の仕事というのは、やっていいことと悪いことなど法律で厳密に定められているのですが、とはいえ彼らも人間です。感情の生き物です。人間ですから〝機嫌〟というものがあります。

パチンコで負けた次の日や、嫁さんと朝ケンカして家を出てくると、普段以上に、我々に対してもつらく当たったりするのです。信じられないかもしれませんが、街中でウロウロするドのつくチンピラの目でにらみつけてくるのです。公務員の基本中の基本は、常に冷静でいることなのですが、獄中ゆえ、感情むき出しが普通です。これには泣かされることもありましたが、オレもアホではありません。対策があるのです。

刑務官は、自分の身の回りのことをサポートする「計算工」という受刑者には愚痴をこぼしたりすることがよくあります。

「今日は嫁さんとケンカしてきたわ。女は難しいわ」

「昨日、パチンコで3万も負けてもうた。あ〜イライラする」

こういう時には、どうでもええようなことで受刑者に因縁という文句を言います。逆にある日、「作業始め」の号令をかける前に、急に「お前ら両親のこと、嫁さんや子どものことを真剣に考えたことあるんか?」と目に涙をためて、映画に出てくるような熱血漢の学校の先生のごとく、ビックリするようなええ話をしてくるのです。

オレが計算工に「あいつ今日おかしいのとちがいまんのか?」と聞くと、「そうなんですワ。昨日、競馬で万馬券取って、まだ興奮してるんとちがいまっか」

つまり、己の身に良いことがあると金八先生みたいな人間になり、己の身に悪いことが起こると相撲取り時代の朝青龍が制限時間いっぱいになり立ち合い前に相手の力士をにらむようなメチャメチャ怖い顔をして因縁をつけてくるのです。

そこで、その計算工に「担当の刑務官の様子を知らせてくれ」とお願いしておくのです。計算工が刑務官の状態を教えてくれることで、我々は〝とばっちり〟を回避することができるというわけです。

刑務官は皆、一癖も二癖もある人ばかりです。時折、テレビドラマなどで、犯罪者を更生させていく素晴らしい人格者が登場したりしますが、オレのように長年の経験があったとしても、そういう人に出会ったことはありません。いちいち、そんなことしていたら刑務所が成り立たないのです。それはあくまでもテレビドラマの世界の出来事だと思ってください。〝金八先生〟のような素晴らしい先生が実際の学校にいないのと、同じことです。

私たち懲役は、宅急便の荷物と一緒です。脱走していないか、数さえ合えばいいので、懲役一人ひとりにいちいち情けなんか掛けないのです。たまに刑務所の中がテレビ放送される時、刑務官が上品に話していますが、刑務所の中というのは社会で例えると、我々受刑者が街の中を歩く普通の人、刑務官がたちの悪い不良です。因縁をつけられたくないので、目と目を合わすことはありません。万が一目と目が合うと、大きな声で「さっきからワシの顔を何見とんのじゃ？　ワシの顔に何か付いとんのかぁ？」とヤクザ顔負けのガラの悪い言葉で怒鳴ってくるのです。

京都刑務所にて

オレの入所歴は後ほど一覧で紹介しますが、２回入所したことのある京都刑務所は非常に厳しかったです。

新入訓練の時、ええ年をした受刑者に「ハイ」の返事の練習を繰り返しさせるのです。「職員から名前を呼ばれたら『ハイ』と大きな声で返事をするように。今からその練習をするから気に入らん奴や、そんなもんできるかいという奴は手を上げてみ！」「ハイの練習してる時はなんぼ大きな声出しても非常ベル押せへんから安心せえ」やて（アホらしいとはこのことです）。それも大声コンテストで1位になれるような大きな声で「ハイ」を言わせるのです。

「○×よ、今のハイはひじょ～に良かったぞ。声の大きさ、声の張り、声の響き！　どこの工場に行っても合格や」やて。こいつの言うてる意味が分からんのですが、皆真剣なふりをした目で聞いています。

行進の訓練では、腕を肩のところまで振らせます。太ももは腰のあたりまで上げさせて行進を繰り返しさせます。ちょっとでも反抗的な目をしただけで、「ここは京都刑務所やど、コラ」と胸ぐらを掴み怒るのです。70〜75歳ぐらいの年配の受刑者はフラフラになっていて、かわいそうでした。

懲罰房に入ると「懲罰者心得」というのが置いてます。担当の刑務官から懲罰中の注意事項が告知されます。昔、上田馬之助とかいうプロレスラーがいましたが、上田馬之助にそっくりの、めちゃくちゃ怖い顔をした刑務官が思いっきり眉間にシワを寄せて屋根から物を言います。

「今から懲罰中のオマエらがしなければならないことを告知しとく。後から聞いてないとか知りませんでしたとかは通用せえへんからのぅ〜。しっかり聞いとけよ。懲罰中は、胸を張る、脇を締める、背筋を伸ばす、アゴを引く、五本の指を揃えてきちんと伸ばす、この姿勢で、胡座か正座をして正面のドアの下あたりとにらめっこしとけ。足を組み替えるのはせいぜい1時間に1回くらいにしとけよ分かったな！」などと怒鳴るような言い方で告知するのでした。

しかし、緊張感は長く続きません。この姿勢はキツイ。少しでも横着しているとドアをボーンと蹴っ飛ばされて、「コラァ〜、アゴを引かんかい」というカマシが入ります。いったい誰が考えるんじゃい！こんなイジメの座り方（笑）。オレが小学生の頃、「レインボーマン」とかいうテレビ番組がありました。面白いので、毎週観ていました。そのレインボーマンの念術で、「不動金縛りの術」というのがありました。

　分かりやすく説明すると、そのレインボーマンから、「不動金縛りの術」をかけられて同じ姿勢で固まっていないと、この究極のイジメの座り方である「懲罰者心得」を厳守できる奴は１００％いないのです。

　この姿勢で１日中座らす意味がどこにありまんねん（笑）ということだ。もし、いまだに体を固まらせて金縛りにあったような姿勢で１日中座らせていたら、人権問題でしょう。体の血のめぐりが悪くなって脳梗塞や心筋梗塞の原因になるのは言うまでもありません。「胸を張る」「脇を締める」「背筋を伸ばす」「アゴを引く」「五本の指を揃えてきちんと伸ばす」この姿勢で金縛りになっていないのに、金縛りになっているかのごとくの固まった姿勢で１日中座るんやから（笑）。

　京都刑務所の刑務官は、本当にやらしかったのです。懲罰房の部屋のガラスにはマジックフィルムが貼られていて、我々の様子だけをじっと見ています。車に貼ってあるやつですから、こっちからは見えないけれど向こうからは見えるのです。昼間の懲罰中は足音を殺して人のアラを探すのです。ワザと大きな足音を立てて房の前を通り過ぎたかのように見せかけては幽霊のように足音を消して戻ってきては房の中の様子を見ています。この京都刑務所の懲罰房の刑務官は「のぞきの趣味があるのではないか？」と思うくらいに執拗にフェイントをかけては懲罰中の人間を監視していました。「ホンマそこまで監視するんでっか?」くらい、必死のパッチで何かに取り憑かれているような感じの異様な目つきをして、不動金縛りの術を勝手に解いて楽な姿勢で座っている懲罰者を探しているのです。本当に根性のひねくれた刑務官ばかりでした。そして嫌になるのが夜オレらが寝ている時には昼間のように足音を消して静かに歩いてくれたらいいのに、嫌がらせしとんのか?と思うくらいの足音を立てて歩き回るのです。

懲罰が終わると、工場に配役になります。工場には、工場長という刑務官がいます。同じ人間故に話の分かる刑務官、根性の腐り切った「ワシは京都刑務所の大統領じゃ~」みたいな水戸黄門に出てくる悪代官みたいな刑務官もいます。オレが懲罰明けで配役になった工場は悪代官タイプの工場長でした。貴重な昼飯の時、時間が限られているので「食事始め」の号令を早くかけたらいいのに、どうでもええような訳の分からない話をしてくるのです。10秒話しをしたら「分かったかぁ~」それに対して受刑者が大きな声で「ハイ」と言わなければならない。そしてまた10秒ほど話しをして「分かったかぁ~」と言う。それに対して、またまた受刑者が大きな声で「ハイ」と言う。これを8回くらい繰り返すのです。

8回目に「分かったかぁ~」と言うのですが、オレは1回目~8回目までの「分かったかぁ~」には、返事などしませんでした。「アホくさ」と思っていたからです。そしたら、その悪代官刑務官は、「中林オマエ分かったんかい？　オ〜コラァ〜〜どっちじゃ〜返事せんかいコラァ〜、ワシが聞いとんのじゃ〜〜」やて（笑）。「うるさいアホ、分かるかボケ、オレは腹がへっとんのんのじゃ〜。オマエの出来の悪い嫁ハンと頭の悪いオンドレの子供に言うとけカス！！」と言っただけで非常ベルを押されて、またまた保護房行きとなりました。

保護房行きの後、取り調べを受けて、また懲罰房で不動金縛りの術にかかっていないのに固まった姿勢での懲罰でした。金縛りの固まった姿勢で座っていないと、たった3回注意を受けただけで再懲罰です。故に「レインボーマンの不動金縛りの術」に無理やりかかって体が固まった姿勢で座る懲罰はキツイのです。

矛盾してるのが、5日の懲罰でも60日の懲罰でも同じで3回の注意を受けたら再懲罰であることです。昔ゴキブリを捕まえるCMで「一方通行出口なし」というのがありましたが、そんな感じでしょうか。だから懲罰からずっと抜けられない受刑者も稀にいました。「おかしいやろ?こんなもん」と言っても、「どこがおかしいんじゃ〜オゥ〜コラァ〜」です（笑）。

オタクらホンマに国家公務員でっか？　アルバイトは禁止されていると思うが、裏で暴力団がやってる闇金の取り立てのアルバイトをしてるんでっか？　みたいな言葉使いの刑務官ばかりでした。

懲罰が終わると、また違う工場に配役されるのです。

そして、刑務所内では、決められた時間以外は私語厳禁となっています。

作業中に、ちょっと横を向いて「今日は寒いな」「ホンマでんなあ」と会話しただけで、それが「不正交談」とみなされてしまうのです。ただ、そういうことは実際には毎日当たり前のようにあります。だから私語を見逃してくれるかどうかは、刑務官の機嫌次第なのです。刑務官に嫌われると、「私語をしたな」と因縁をつけられます（好かれている受刑者なら、仕事中しゃべりっぱなしでも、これみよがしに見逃すのです）。刑務官に嫌われると、「中林は、〇〇と不正交談をなしたものである」と、懲罰審査会にかけられ、懲罰房行きとなるのです。

私語の他に「脇見」というのがあります。

実にしょーもない決まり事です。作業などの時、横を見ずに、ずっと手元を見なければいけないのですが、いやらしい刑務官はこれを巧みに利用します。嫌いな受刑者の横に来て、自分のちり紙などをわざと落とします。「何か落ちたかな？」と思って受刑者がちり紙のほうを向くと「脇見をするな」と言ってつまみ出され、取り調べの後、懲罰房行きとなるのです。作業中ちらっと横を見ただけでもアウトです。

他にも、どうでもええようなつまらん規則が山盛りあり、嫌になります。

たとえば、一般社会では大便をしたらすぐに流します。臭い匂いを他人に嗅がせないためのエチケットですが、刑務所は大便が出て、お尻を拭いて、ズボンを上げて、一番最後に1回だけ流すという決まり事があります。

理由は水道代が高いからです。懲役をイジメて節約して、余った金で刑務所内の備品を買うらしいです。社会の常識も刑務所では懲罰の対象なのです。大便をして水を何回も流しただけで、懲罰房行きが確定します。

それ以外にも、夏のくそ暑い時にヤカンに入ったお茶を洗面器に水を溜めて浸けておお茶を冷やしていたら、「お前、何しとんじゃボケー」と取り調べの上、懲罰です。こんなしょーもないことで、とにかく刑務所の中は社会で車の制限速度40キロを誰も守っていないのを、刑務所の中ではどんなつまらん規則でも守らなあかんというわけです。

刑務官という人種は、嫁イビリをする姑みたいに懲役のアラを探すのが仕事です。

風呂のかけ湯は2杯しかダメなのですが、3杯かけると鬼の首を取ったような顔して「コォラァ、何杯かけ湯しとんのじゃ〜」と怒るのです。ある日、「中林、かけ湯何杯かけとんのじゃ〜」と言われました。「2杯目です」と答えると、「嘘つけコラ、12杯目やぞ」やて。顔は北海道の方を向いてるのに、目は沖縄県の方向にいるオレをしっかりと見て、掛け湯の回数まで数えているのです。

20代30代のほとんどは塀の中

ここでオレの入所歴を紹介します。オレの20代と30代はひどいものでした。


20歳から22歳の終わりまで姫路少年刑務所。

25歳の時、恐喝とシャブで2回目の服役となり、大阪刑務所に行きました。

28歳で出所しました。

28歳の時、シャブで3回目の服役となり、同じく大阪刑務所に行きました。

30歳の時に出所しました。

30歳の時、シャブと自動車窃盗で4回目の服役となり、京都刑務所に行きました。この時、覚醒剤の使用は有罪でしたが、所持は人権派戸谷茂樹弁護士の主張してくれたことが功を奏し、無罪を勝ち取って頂きました。

33歳の時に出所しました。

33歳の時、シャブと自動車窃盗で5回目の服役となり、京都刑務所に行きました。

36歳で出所しました。

36歳の時、シャブで6回目の服役となり、大阪刑務所に行きました。

39歳で出所しました。

39歳の時、傷害罪で7回目の服役となりました。この時もシャブは体に入っていましたが、これは水を飲みまくり運動しまくり、汗を流してシャブの反応は出ませんでした。

42歳で出所しました。

42歳の時、シャブで8回目の服役となり、これが最後の服役でした。大阪刑務所でした。

45歳で出所しました。


振り返ってみますと、本当にひどい犯歴です。

自分の人生とは、何だったのかと疑問に思います。20代から40代半ばまでは「出所したその年に再び逮捕」の繰り返しでした。とにかくシャブ、何があってもシャブだけは欲しいという一念でした。だから、家族のためなら何でもやろうではなく、「シャブのためなら何でもやろう」という思いでした。それでも真面目に働いた金で手に入れるならまだしも、罪を犯して手に入れようというのですから、オレは本当に救いようのない人間です。

シャブ中を長く続けていると、落ちぶれて誰からも相手にされなくなります。その後、最低の犯罪に手を染めてしまいます。手っ取り早いのは自動車の窃盗でした。あるところに車を持っていくと、大体10万円で買ってくれるのです。合計2回、これで逮捕されました。窃盗で逮捕されますが、オレの前科を見て大抵は覚醒剤使用も疑われ、「窃盗」「覚醒剤使用」の両方の罪で収監されるわけです。

オレの親分であった松本英俊が一番尊敬していた〝最後の博徒〟と言われ、数々の小説や映画にもなった波谷《はだに》組組長、波谷の御大《おんたい》が言っておられました。

「松ちゃん（松本）の若衆よ、和男君やったかのう。ヤクザというのは乞食より下で、盗人よりかは上や、勘違いしたらあかんど」と。

でも、オレは覚醒剤を続けるうちに、盗人にもなってしもうた。オレは盗人と同格の最低中の最低の人間になってしもうたんか。オレより下の人間はもうおらんのか。落ちるところまで落ちたんやな。そう思うと本当にショックでした。一時期、「オレの言うことが法律じゃ」とか言っていたし、オレに逆らう者はいなかったのに、いつの間にかヤクザ組織からもはじき出されて、もう世の中の笑い者、最低のゴミ人間になっていました。

たとえ刑務所から出所しても、楽しいことなど何一つありません。だからひとときの快楽を求め、覚醒剤に手を出すのであります。助けてくれる人、友人、知人、誰からも相手にされず、行くところもない帰るところもない状態が続くのです。

真冬。骨の随まで凍えるようで、「ここは北海道か」と思うほどの寒い日でした。

ＪＲの始発が動くまで、コンビニの店内で、店員の冷たい目にさらされながら何時間も立ち読みを続け、始発の時間になると改札口をうまく通り抜け、ＪＲ環状線か阪和線の車中で一日中、寝ていたこともあります。

ある時、「このオッサン、どっかで見たことある奴やのう」と考えていたところ、あっそうかと気が付きました。朝の出勤時に乗ってきたサラリーマンが、夕方仕事を終えて帰るところだったのでしょう。そう、朝見たオッサンだったのです（笑）。

覚醒剤を打ちまくってフラフラになるまで遊んで外に出た時のことです。夕方の5時ぐらいだったと思います。そろそろ明るくなってくるかのうと思うていると、だんだん暗くなっていくのでした。逆に、そろそろ暗くなっていくやろうなぁと思うていると、だんだん明るくなってくるのでした。覚醒剤中毒者は朝と夕方の5～6時はひじょ～にむつかしい時間帯なのです。朝と夜の区別がつかなくなるまで集中して遊んでしまうのでした。

受刑者の8割以上がシャブか窃盗

シャブは本当に病気です。

自分の力で、シャブを打ちたい欲望にあらがうのは、90％無理と言われています。また、素人のコメンテーター連中は、周囲の理解や協力、病院への通院など、環境が整って初めてシャブから足を洗うことができると、ひじょ～にええかげんなことを言っていますが、実際問題、いくら周りが協力的でも本人にやめる意思がないかぎり、シャブをやめるのは100％無理です。シャブは奥が深いし、そんな簡単なものではないのです。

オレの個人的な考えでは「覚醒剤中毒者は支えるな、突き放して縁を切れ！」が、オレ個人の考え方です。なぜか？　ポン中というのはとことん人に頼ってくるからです。「あいつにはケツの毛まで抜かれるわ」とかよく聞きますが、ポン中に関わると果てしなく頼ってくるので、ケツの毛どころかケツのうぶ毛までキレイに抜かれるので、一切関係を断つことです。ええかげんなコメンテーターが覚醒剤中毒者は支えることが大事やと、お芝居の台本を読んでるかのごとく皆、口を揃えて言います。この人らは何の取材もせず、どこから仕入れた情報か知らないですが見てきたかのようなことを言ったり、常にカメラの向こう側の、テレビを見ている人の耳障りの良いことしか言葉を発しない、うわべだけの言葉しか発しないのでテレビを見ていても面白くない。本当は１００％支えたらアカンのです。支える人間も地獄に落ちるからです。昔、小泉今日子さんが「一生のお願い百回しても（いいじゃん）見逃してくれよ」と歌っていましたが、ポン中は心臓が止まるまで頼ってくるのでスパーッと縁を切ることです。支えても支えなくてもやめる人間はやめるし、やめれない人間はやめれないのです。

それに、警察は捕まえるのが仕事であり、刑務所は刑罰を与えるところですから、シャブから抜け出す方策は考えてくれません。教えてくれたとしても、やめようと思う人間はほとんどいないでしょう。

刑務所の中で断薬会というのがあります。日頃工場が違うので会えない同じ組の者やポン中仲間が、この断薬会に入って毎月1回顔を合わせています。シャブをやめる断薬会なのに、その断薬会で出所したらシャブを打って遊ぶ約束などをしているのです。そもそも刑務所にいる覚醒剤中毒者などというのは、何回パクられようがやめる気はないのです。

結果、どうなるか。

刑務所内でも、シャブのことを考えてばかりでした。警察に逮捕された瞬間から出所してシャブを打つ計画を立てるのです。ほとんどのポン中も同じことを考えています。反省の色などまったくありません。

一体、刑務所って何のためにあるんやろう。

この問いを何度、自分に投げかけ続けたことでしょう。

ただ、刑務所に8回も出入りして、分かったことが1つだけあります。

それは、受刑者の8割以上がシャブか窃盗だということです。

真面目な受刑者は、一度刑務所に来ると二度と戻ってくることはありませんが、シャブの受刑者だけは何回も出入りを繰り返します。繰り返しますから、そのうち顔見知りになります。刑務所とは、悪い人間の情報交換の場であり、知り合う場なのかもしれません。そやから、自由時間などで雑談する時でも、「娑婆に出たら真面目に働こう」といった会話はほとんどありません。

「アンタもシャブで捕まったんか。オレもや。いつもどこで買うてたんや。いいルートがあるんやったら、紹介してえな」

「安いとこないか？　ポン中の女、紹介してくれや。穴があったら誰でもええわ。オカマでもええわ」

といった具合なのです。

本当に皆、ゴミみたいな奴らです。そして、かくいうオレも、ゴミみたいな奴らのうちの1人でした。

このような最低のゴミ人間からゴミにされていたオレは、おそらく大阪で一番のゴミ人間でした。お前だけにはゴミにされたくない。オレがそう思うていた究極のゴミ人間からも、オレはゴミ扱いされていたのです。

第2章　覚醒剤の怖さ

軽い気持ちで始めてみると……

覚醒剤は、なぜ怖いのか。

それは強い常習性があるからです。普通の人間は、一度使用すると〝絶対に〟やめられません。絶対にです。

覚醒剤を始める人は、知人や友達に勧められてという理由の人が大半だと思います。

オレは小学校の時、注射が大嫌いでした。しかし、覚醒剤を覚えると注射が大好きになりました。初めての時は、新しい種類のタバコを吸うぐらいの軽い気持ちがほとんどでしょう。他ならぬオレがそうでしたから。

しかし、喫煙者なら分かるように「禁煙する」のは大変です。タバコは常習性があるからです。一説には、喫煙者の3人に1人は「やめたい」と思っているようですが、実際はなかなかやめられません。

覚醒剤中毒者だったオレに言わせると、タバコから得られる気持ち良さは、覚醒剤の100分の1、いや1000分の1以下でしょう。覚醒剤を使用すると、タバコの100倍、1000倍といった快感が得られるのです。やめられるわけがありません。

もし、タバコを吸うのと同じ感覚で、誰でも始められて、誰でもやめられるのであれば、覚せい剤取締法という法律は必要なかったと思います。

自分の銭で自分の身体に入れるのがなぜ悪いのか、としまいには屁理屈を言う始末です。

覚醒剤が広まった理由

ところで、オレがよくお世話になった「覚せい剤取締法」は、太平洋戦争後すぐの昭和26年に制定されました。それまでは自由に所持できたというのは、驚きでもありますね。

なぜ、自由に所持できたのか。

それは、軍隊で使用する目的のため、国が大日本製薬に命じて作らせていたからです。その名前は「ヒロポン」といいます。ポン酢の名前ではありません。かわいらしい名前ですが、その効果は恐るべきものでした。

たとえば特攻隊の出撃が決まった人にこれを飲ませると、中枢神経が興奮します。ですから、鬱になったりせずに出撃できるわけです。

さらにこの時期、軍部はアメリカとの本土決戦に備えていました。本土決戦の際、戦意を高揚させるという目的のために、このヒロポンを大量に製造させ、備蓄していたのです。

結果的に、本土決戦は回避されたのですが、備蓄されていたものが闇のルートを通じて世の中に出回ってしまうことになります。

その戦後の混乱期には、戦争から帰ってきた人、帰ってきたけど職がない人、爆弾で家が焼かれた人など、色々な人がいました。そんな悲惨な時代に当時の人は皆、ヒロポンで気分だけでも紛らわせていたのだと思います。無理もありません。

闇のルートで出回る以外に、正規ルートもありました。

ヒロポンは薬局で販売されていたのです。薬局に行けば、誰でも簡単に手に入れることができたそうです。販売促進のため、戦後の新聞にも堂々と広告が載っていました。

今でも、その名残が残っています。覚醒剤によって骨までしゃぶり尽くされるという意味から、一般には覚醒剤中毒者のことを「シャブ中」と呼びますが、ヒロポンのポンを取って「ポン中」とも呼ぶのです。

ヒロポンの由来は、いくら疲れていても疲労がポンと飛ぶのでヒロポンという説もありますが、ギリシャ語の労働を愛するという説が有力らしいです。

1秒でも早く打ちたい

覚醒剤の常習性は「時間」に表れます。

一般にコーヒーやタバコには常習性があると言われますが、たとえばタバコを吸いたくなった人がいたとして、その人がポケットを見てみると箱が空になっていて「仕方がないな。今は諦めるか」ということは、頻繁にあるでしょう。

けれど、覚醒剤の場合はそうはいきません。

効き目が切れて「打ちたい」と思った時に手元になかったとすると、タバコのように諦めきれません。何としてでも入手して、すぐに打ちたいと思うのです。

オレは計8回、刑務所に入所しておりますが、そのうちの7回は、出所したら即、その足で向かったところがあります。

どこだと思いますか。

暗黒街「西成」です。

大阪刑務所から歩いて10分ほどのところに、JR阪和線「堺市駅」があります。そこから快速に乗ると10分ほどで西成の近く「大王寺駅」に到着しますから、近いです。

なぜ西成なのかと言いますと、今は知らないですが、当時そこには〝立ちんぼ〟というシャブを販売している売人がいたのです。西成警察署の前や横ら辺、あちこちに立っています。嘘みたいなほんまの話です。

一般人には見分けにくいですが、街角にあやしげな顔をして立ち、道行く人を眺めているので、欲しい人にはすぐ判別がつきます。蛇の道は蛇というわけですね。

タクシーで徐行していますと、その人たちが「こっちこっち」と手招きしてくれ、タバコやジュースの自動販売機の下や自転車のカゴの下とかに両面テープで貼りつけたシャブを取ってきて、シャブ１パケと注射器１本を１万円で売ってくれます。本当は注射器１本１０００円取られるのですが、オレはいつもサービスで付けてもらっていました。けれど、本音を言えば立ちんぼからは買いたくありませんでした。値段が高いからです。

シャブを買ってタクシーに戻ると、運転手さんに次のようにお願いします。

「おっちゃん、後ろ見んといてや」と。

もう分かりますやろ？

タクシーの中でやってしまうのです。

「おっちゃん、バックミラー横向けといてや」

この辺りを流す運転手さんも心得たものです。見て見ぬふりをしてくれます。バックミラーの位置を変えて、後ろを見えなくしてくれます。客商売やからね。

本当は近所の旅館かホテルに入ってやるべきなのですが、その時間さえ惜しいのです。

5分か10分か探せば簡易宿泊所くらいいくらでもあるのですが、我慢できないのです。

5分我慢できない――

1分でも早く打ちたい――

これが本当の中毒者の実態です。

覚醒剤をタクシーの中で注射して、やっと刑務所を出た実感が湧いてきます。普通の人なら刑務所を出て大好きなビールを一気に飲んで「やっぱりビールはうまいのォ～」と、やっと刑務所を出た実感が湧いてくるのと同じ感覚でしょうか。やっぱり覚醒剤は気持ちええのう～と改めて思い、タクシーの運転手さんに尋ねます。

「おっちゃん。オレ今、何しとったと思う？　○か×で答えてくれまっか。白い粉の化学の力を借りてとても気持ち良くなった。○か×か？」

運転手さんは、「マル」と答えました。

さらに運転手さんはバックミラーを元に戻してオレの目を見て、「お客さん、さっきより目がギンギラギンに輝いてますねぇ」と言うので、「♪ギンギラギンにさりげなくぅ～♪」と近藤真彦さんの歌で返したオレでした。

究極の中毒者とは

人間、我慢が肝心だということは、皆さんご存じだと思います。

遊びたいと思っても、我慢して勉強すれば出世できるでしょう。お金をたくさん使いたいと思っても、使わずに貯金をすれば少しぐらいの小金持ちにはなれます。

また、オレのような世代の男性というのは、家族を養うための大黒柱である場合が多いでしょう。自分の出費をできるだけ抑え、家庭にお金を入れて、食費や教育費、子どもの習い事や家族旅行の費用にします。

けれど、お金を使うことがまったく我慢できないとなると、そのような家庭を養い、家族で過ごす楽しみは一切なくなります。

５分も我慢できないのが中毒者であると言いました。こうなると、何をするにも余裕がありません。スーパーのレジや銀行のＡＴＭで遅い客がいると、イライラします。車を運転していて、とろい運転をしていたり、制限速度近くでゆっくり走っている車がいてもイライラします。つまり、通常の社会生活を送る上では、何事に対してもイライラし、焦っているという状態が続くわけです。

そのイライラを無くすにはどうすればいいか。

シャブをやっていない普通の人であれば、シャブをやめればいい、というのが結論になります。しかしシャブ中の人には、その選択肢はありません。オレのような大ベテランのバリバリのポン中になると、逆に、何をするにもシャブを打つとなるのです。

メシを食う前に打つ。寝る前に打つ。車を運転する時に打つ……。

体質にもよりますが、メシを食べる前に打つとご飯が美味しく感じられますし、寝る前に打つと気持ちの良い目覚めが訪れます。昼寝をする前にコーヒーを飲んだら起きる時に目がパッチリ開く、それに近い感じでしょうか。車を運転する時に打つと、F1ドライバーみたいにドライブテクニックがあるように感じられるのです。

また、シャブを打つと何をするにしても集中力がすごいのです。

パチンコをすると、朝10時の開店から閉店まで続けてしまいます。お金がなくなると、見ず知らずのまったく知らない隣のオッサンやオバハンのタマを「友達が来たらすぐ返すから（友達なんか誰一人いないのに）、ちょっと貸しといてや」とか言って、勝手に自分の台の受け皿に入れます。だから「なにすんねん」と、アニマル浜口さんみたいなケンカの強そうな奴に手首を掴まれたこともありました。あ〜恥ずかし（笑）。

何事に対しても過度に熱中してしまいます。ちょっと掃除をすると年末の大掃除みたいに、とことんキレイになるまでやってしまうのです。それとか、腹が立っている人間に電話で文句を言って、しつこくしつこく大声で文句を言っていると、次の日には声がかれて森進一さんのような声になるぐらいまで文句を言ってしまいます。何事においてもしつこくなり、熱中してしまうのです。

これが本当のシャブ中なのです。

あらゆる感覚が麻痺する

シャブ中、ポン中になると、あらゆる感覚が麻痺してきます。

まず、道徳観、倫理観が麻痺します。

オレの地元の和泉市に、つぶれかけの小さな薬局がありました。オレはそこの常連でした。なぜか。

注射器を売ってくれるからです。つぶれかけていた薬局でしたが、遠方から、あちらこちらのポン中が来て飛ぶように注射器が売れ経営を立て直し、新車のトヨタのクラウンを買ったといいます。

何度も述べているように、シャブの効き目がなくなると、シャブ中はいてもたってもいられなくなります。たとえ夜中だとしても、この薬局を訪れて、入り口のシャッターを叩き続けるのです。夜中ですから、周りの商店や住宅に大きな音が響き渡ります。それでも店主は出てきません。寝たふりをして値打ちをつけるのが、この店主の特徴でした。

しかし、オレはお構いなしにシャッターを叩き続けます。オレの手の骨にひびが入るかシャッターにひびが入るかぐらいの勢いで、叩き続けるのです。約4~5分叩き続けると根気負けして、店主が渥美清さんみたいな細い目をこすり「地震かなと思うたで」と言って、迷惑そうな顔をしながら出てきます。そして——

「和男ちゃん。今、夜中やで。ええ加減にしとけよ。しまいに怒るで。そんだけシャッター叩いたら、手、痛いやろ」

と怖い顔をして言うてました。

「高いほうのリポビタンD1本と、注射器1本くれ！　今日はツケやで」

とオレが言うと、安いほうのリポビタンDと注射器を売ってくれます（笑）。

「金はパチンコでフィーバーかかったら、すぐ持ってくるから」

中学の頃からの顔なじみだからでしょう。薬局のオッサンはしぶしぶツケで売ってくれるのです。現金で買う時はオレの希望通り高いほうのリポビタンDと注射器を売ってくれます。道徳観、倫理観が麻痺すると、相手の迷惑を考えない行動を平然とするようになるのです。

正々堂々と注射器を売っていた薬局屋の近くには、職質専門のパトカーが隠れて停まっていたし、注射器販売専門店のレッテルをはられていたのでしょう、一度テレビの取材を受けていました。

たまたまテレビを見ていると薬局屋のオッサンがマイクに向かって、「ワシらは法律で禁止されていることはしてまへん」と言ってました。

「ビタミン剤打つから注射器売ってくれ言われたら、うちも商売でっさかいなぁ～売りまっしゃろ注射器くらい。買ってくれる客はアリナミンAとかポポンSとかワダカルシウムとかも一緒に買ってくれるし、それに目薬とかも。注射器をなんに使うとかワシには興味おまへん。ワシの知ったことちがいまんねん。警察からもたまに電話かかってきまっせ。注射器は売るなとかね。警察には毎回言いますんや。もし断って店に火でもつけられたら怖いですがな。警察が責任取ってくれるんでっか。責任取ってくれるんなら注射器みたいなもん売りまへんで」と弁舌なめらかにオッサンは言っていました。

シャブを打つポン中はパクられても、注射器を売る薬局屋はパクられる法律がなかったのです。今は知らないですが。

そしてシャブは、衛生観も麻痺させます。

これはどういうことかというと、最初は水道水で覚醒剤を溶かして使用しますが、そのうち面倒になってきて「水だったら何でもいい」という感覚に陥ってしまうのです。

たとえば、です。知人の中にシャブをやっていて、打つためにわざわざコンビニにミネラルウォーターを買いに行く人がいます。こういった場面に出くわすと、オレは「アホやな」と思っていました。

なぜアホなのか。

覚醒剤って、身体に悪いもんやろ。身体に悪いもんを身体の中に入れるのに、身体にいいとされるミネラルウォーターを使用する、それはナンセンスやなと。こういう論理を自分勝手に組み立てるからです。

オレは、シャブ中だった時、このように〝ぶっ飛んだ〟考え方をしとりました。衛生観が完全に麻痺していたのです。水がなければ飲んでいるオロナミンCとかでも、シャブを溶かして注射しました。オロナミンCでシャブを溶かして打つと、口の中がオロナミンCの味がしてくるのです。コカコーラで打つと口の中がコーラの味がして、ゲップが出るような感じになります。

自動車を運転中にシャブが打ちたくなって、雨が降ってきたとします。ワイパーを動かすと、いくらかの水が集まりますね。この水も使うのです。

パチンコをしている時に、シャブを打ちたくなったら便所に行きます。便器の周りには気持ち悪いウンコとかがへばりついていますが、便器を2～3回水で流し、その後に貯まった水を使うのです。たまにブルーレットの青い水が流れてきても、おかまいなしにその水で注射するのです。

どないでっか。

恐ろしい、信じられないと思うのが普通ですね。しかし、ポン中はとにかく早く打ちたい。バイ菌が身体に入るのは分かるが、そんなことよりも1秒でも早く打ちたい。そういうものなんです。

普通なら誰もが「ありえない」と言うと思いますが、オレの方程式では「バイ菌を身体に入れることによって、バイ菌に強い身体ができる」となるのです。

覚醒剤中毒者のええ加減さ！

また、ポン中はええ加減で信用できません。

16歳の時、60歳のポン中の兄貴分がおりました。己がポン中のくせにオレに対して「シャブやめ×2」「シャブやめんかい」が口ぐせのオッサンでした。

「和男よ、お前、シャブやめ言うとるやろがい。お前がシャブ打っとったら親分が世間から笑われるんじゃ〜。シャブやめ言うとるやろ、コラ」

オレの顔を見るたびに、うっとうしいことを言うのです。

オレにしたら「お前も打っとるやろ」と思うのでしたが。

ある日、このオッサンが究極のうっとうしいことをオレに言ってきたのです。

「和男、引っ越し手伝うてくれ」

この乞食、引っ越しするんやったらアート引越センターか引越しのサカイに頼まんかいと思いながらも、しぶしぶ手伝ったのですが、オレはシャブ打って寝不足で体力も落ちてるのに、思いっきりこき使うのです。「冷蔵庫キズ付けんなヨ」やら、「テレビ、エレベーターに当てるなヨ」などと言います。やかましいわい、この乞食ジジイがと思いつつも、フラフラになりながら引っ越しがやっと終わりました。

オレはフラフラで座っていても立ちくらみするぐらい疲れ果て、汗だくになってタバコを吸っていました。すると、その兄貴分が「和男、これ持っとけや」と言って封筒をくれました。中を見ると注射器と覚醒剤が0・3グラムほど入っていました。

常日頃、「シャブやめ、シャブやめ」と二言目にはオレに言ってるくせに、引っ越し手伝わせておいて金がないもんやから、金の代わりにシャブを渡してくるええ加減なオッサンなのですが、多かれ少なかれ覚醒剤中毒者というのは口先だけで、思いつきで話ばかりする奴が多く、信用できないのです。

覚醒剤中毒者の悪勘

シャブをやっている人はほとんどの人が悪勘をくります。大体、血液型で決まります。

オレはO型（B型やAB型は悪勘バリバリの人が多いですネ）なので悪勘とかはくらないタイプですが、た～まに悪勘をくる時もありました。芸能人の大物でもなく、有名人でもなんでもないのに、なんでか知らんけど「つけられている」とか思うのです。

オレをつけてても何のメリットもないのですが、後ろをつけられてないのにつけられていると思うわけやから、ほんまにつけられていたら一発で分かると思います（笑）。

車に乗っている時でも、高速に乗るふりをして直前にサーッと高速に乗らないというようなことをします。そうすると、偶然にもオレと同じように高速に乗る車線から慌てて一般道に車線変更してきたりする車があるのです。電車でもドアが半分閉まってから急に飛び降りて「バイバイ」と心の中で思っていると、もう一度ドアが開いて人間が慌てて１人降りてくるのです。そういう時には「アンタ、なんでワシの後ついてくるんや」と言うと、「たまたま寝過ごして降りられず、あきらめたところ、またドアが開いたので降りてきただけや」と言われたりして、変な偶然が起こるのです。

ポン中と一緒にいると、というか、ポン中をしていると一緒にいるのが自然とポン中になるのですが、一緒に車に乗っていて道を譲ってもらった車に、片手を上げて「ありがとう」とやったとします。そうすると、「今の誰に合図送ったんや？」となり、そういうことはしないようになります。片手を上げて「ありがとう」の代わりにクラクションを「プッ」と鳴らしても、「今の誰に合図送ったんや」となるのです。

その時のトラウマなんか分からないですが、オレは今でも車に乗っている時は100%クラクションは鳴らしません。

それ以外にも同じようなことが色々ありますが、印象に残っている出来事をもう1つだけ紹介します。

当時オレは中学3年生でした。中学3年生でカチコミ用の車かなんか忘れましたが、兄貴分の運転手をしていました。今から考えると、無免許で兄貴分の運転手をしていたのに、無免許では一回も捕まったことがないのが不思議です。

それで、「和男よ、ちょっと家寄ってくれ」と言われたので、「分かりました」と言って兄貴分の家に車を走らせました。兄貴分の家に着いて、兄貴分は家のカギを持ってなかったのかピンポーンを鳴らしたのですが、奥さんは出てきません。「おかしいの〜う」と言ってピンポーンの連打をして、やっと奥さんが出てきたのです。

兄貴分は「お前何しとったんじゃ。男が来とったんとちがうんかい、コラー」と怒るのです。そして家に上がって「正直に言え、男来とったやろ?」と言うと、奥さんが何気なくカーテンのほうに目を向けたので、兄貴分は「ここやなぁ」と言ってカーテンをサーッと開けたら窓が半分開いていました。「ハハーン、男はここから逃げやがったなぁ」と言って、奥さんとケンカするのです。

普通で考えると、奥さんも春の陽気にウトウトとなり、窓を開けたまま昼寝することぐらいあるでしょうということなのですが、ポン中にかかると「男が来とったやろ、正直に言え、コラ」となるのです。

そして違う日に兄貴分の家に行った時には、奥さんがオレにヤクルトを出してくれた。「和男チャン顔色悪いよ！！これ飲んで栄養つけや」と言ってくれました。オレは長時間サイコロ博打をしていたので寝不足でした。「いただきます」と兄貴分と奥さんに言った時、急に兄貴分が怒鳴りました。「和男〜コラ〜〜っ、さっきからうちの嫁はんに何回ウインクしとんのじゃ〜〜」と言って、ピストルを突きつけられたのであります。

覚醒剤中毒者は、まばたきも安心してできないのであります。

また、ポン中は常に寝不足ですので見間違いや勘違いが多いのです。「和男、ハラ減ったやろう。うどん食おか？　車Uターンさせや、さっきうどん屋あったから」と言うので、車をUターンさせて兄貴分の言う通りに車を走らせてると、「ここや、止まれ」と車を止めて降りました。

電気は消えてシャッターが閉まっていたのですが、シャッターには「うどん」ではなく「ふとん」と書いてありました。「兄貴、ここうどん屋ちがいまっせ、ふとん屋でっせ」と言うと、兄貴分は「ふとん屋でもきつねうどんぐらい作れるやろ」やて。

鏡とケンカ

ところで、シャブが切れるとどうなるでしょう。

オレが23歳の時のことです。ある韓国クフブで飲んでいました。シャブの切れ目で体がメチャメチャしんどかったので、酒を飲みながら韓国の女の子と話をしていたのです。あんまり強くないのに勧められるまま調子に乗って酒を飲みまくっていると、寝不足とか色々なことが重なって思考能力がなくなるまで酔っぱらってしまいました。

そうこうしているうちに、向こうのほうから今まで見たこともないぐらいの憎たらしいブッサイクな顔をした人相の悪いヤクザまる出しの奴がオレをにらみつけてくるのです。「一和会の人間と違うか」とオレは思ったのです。

当時、山口組と一和会の抗争が毎日あちこちでやっていたからです。オレがそいつを見返すと、まだそいつがオレを見ているのです。「なんやオンドレ、コラ」とビール瓶を持って威嚇すると、そいつも「なんやオンドレ、コラ」とビール瓶を持って威嚇してくるのです。

やられる前にいわしてもうたると、オレはすぐに席を立ってその人間のところにパッチキ入れてもうたると思い、ビール瓶を持ったまま走って行って、頭からそいつの顔面にパッチキを入れてやったのです。パッチキを入れたのと同時にオレは気絶したようです。

少しずつ意識が戻ってきたのですが、そこの韓国クラブのママの声が聞こえてきました。

「オヤブン、カズオサンガナ、カガミトケンカシテナ、アタマワレテナ、チガイッパイデテナ～シニカケテイルヨ」

韓国クラブのママはオレの親分に連絡を取っています。

オレは「ママ、オレ生きてまっせ」と意識朦朧としたまま言いました。

すぐに病院に行ったのですが、頭の骨が変形するぐらい打ちつけていて、十数針も縫って、「なんでオレはこんな血だらけになっとるんじゃ？」と聞くと、鏡にパッチキを入れたことを聞いたのです。

その韓国クラブは全面鏡張りでした。

親分には、その日からずーッと言われました。

「和男よ。ケンカする時は懲役に行くか、棺桶に入るかの覚悟でケンカせいとお前に言うてきたけど、鏡とケンカせいとかは一回も言うたことないど。お前、ピストルの弾と鏡には絶対勝たれへんからのう。誰とケンカしてもかめへんけど、鏡とだけはケンカしたらあかんど」と。

懐かしく思います。

昆虫採集用の注射器を使用

また、こんなこともありました。名古屋での出来事です。

大阪からシャブを注射して行くあてもなく運転し、運転に集中し過ぎて気が付けば名古屋まで来ていました。28歳の時です。

オレの不注意で、当時ガラスだった注射器を落とし、割れてしまいました。シャブを打つ注射器がなくなり、融通してくれる薬局もありませんでした。

そういう時は、どうするか。

おもちゃ屋に行きます。

おもちゃ屋には、人間用の注射器は置いていませんが、昆虫採集用のものなら売っています。それを買ってくるのです。人間用ではありませんから、注射器の筒も大きくて、針は五寸釘のように〝異様に太い〟です。

ちなみに、覚醒剤の打ち方は人それぞれです。

ゆっくり時間をかけてポンプを押していく人もいますが、オレは四の五の言わず、何事においても勢いを大切にするタイプです。そやから、シャブを打つ時も思いきって大量です。この頃になると、少量では満足できなくなってきたこともありますが。とはいえ、人間用のものならいくら勢いよく打ったとしても、針が細いので結果としては少量になります。

ところが、昆虫採集用のものは強力でした。寝不足だったオレは、人間用の注射器のメモリと同じメモリまで、筒の大きさが全然違うのにシャブを入れてしまっていたのです。そして、同じ勢いで流し込んでしまったのです。すぐに思いました。これはヤバいぞ、と。

覚醒剤を身体に入れてしまった後に「しまった。やばい」と思っても、後の祭りです。心拍数が一気に早くなってきました。

トン、トン、トンからトントントントントントン、しまいには、トトトトトトト、テケテケテケという感じです。おそらく心臓が痙攣しているのでしょう。頭の中はまるで竜巻に吸い上げられているような感じで、グルグルと回ります。子どもの頃、学校の運動場でくるくると10回くらい回って、止まって立つと目がぐるぐる回っているあれと同じような感覚です。意識が遠のいていきます。

もしかしたら、これでオレは死ぬんか？　あ〜もうあかん。これまでシャブを打ってショック死した人間も見てきているので、さすがにこの時はもうダメやな、死ぬんやなと。侘しい人生やったな、情けない人生やったなと思いながらも、死んでたまるかと、とにかく必死でした。28歳の若さで死にたくないと、涙を流す余裕すらありません。

心の中で「もう悪いことはしませんから助けてください」と、目をつむり念じていました。もしかしたらその時、心の中で「南無妙法蓮華経」と唱えたかもしれません。「般若心経」を唱えたかもしれません。「天照大御神さん、なんとか助けてくれぇ〜」と祈ったかもしれません。「オウム真理教の麻原彰晃、本名松本智津夫でもかめへん、何とか助けてくれぇ〜。幸福の科学の大川隆法でも誰でもええから一回だけ助けてくれぇ〜〜。頼むオレはまだ死にたくない‼」

情けない話、正直、電信柱にしがみついてでも生きたいと必死に念じました。錯乱状態とはこのことを言うのでしょう。声を出さずに心の中で「命だけは取らんどってくれ」と念じていました。

しばらく、死んだつもりになってじっとしていました。

すると、心拍数が下がってきました。テケテケテケからトントントンに戻ったようです。おお、これは助かるかも、そう思ったのは束の間のこと。また、テケテケテケテケと心臓が不安定な打ち方をするのです。再度上昇を始め、心拍数が安定してくれません。

あまりに苦しいので、自動車の外に這って出ました。その時、頭をどこかに打ち付けたのでしょうか。血も流れ始めました。

アカン、もう死ぬ。お父ちゃん、お母ちゃん、今までありがとう。生んでくれてありがとう。迷惑ばかりかけて許してくれと両親に詫び、死ぬ覚悟を決めたその時、です。

ピーポーピーポーというお馴染みの音が耳に聞こえてきました。

幻聴だろうか。いや、そうではない。目の前には白衣を着た救急隊の人がいます。

「大丈夫ですか、意識はありますか」

と親切にも声を掛けてくれました。

オレの様子がおかしいと気付いた周囲の人が、１１９番をしてくれたのでしょう。そのままオレは救急車に運び込まれました。救急車に運び込まれた後、オレの容態は安定してきました。

すると、ハッと我に返りました。

救急車の隊員は警察に連絡するだろう。シャツの腕のところに血が付いているし、イレズミも見られている。見るからに犯罪者の顔をしている。このまま病院に行ったら、シャブ中だとばれてしまうと。

「すんまへん。車止めてもらえまっか。腹が痛い。ウンコが漏れそうなんや」

「えっ」

「あかん、漏れそうやから、降ろしてくれ」

怪訝そうな顔をする救急隊員を横目に、オレは救急車から無理やり降りました。

中毒者というのは、救急車ですら安心して乗ることができないのです。

ホットドッグの屋台で

奇跡的に死なずに済み、名古屋からの帰りのことです。

オレは三重県の名張市にいました。

燃料計のガソリンの残量が少ないことを示すEランプが、これでもかというぐらい光っていました。大阪なら盗難クレジットカードでも「ハイオク満タン」と胸を張ってガソリンも入れられたのですが、他府県は分からないので慎重に行動して、ガソリンは入れないようにしていました。死にかけた後なので、そのまま車をドライブインの駐車場に停めて1日中、体を安静にしてぼーっとしていましたが、だんだんお腹が減ってきたので周りを見渡すと、ホットドッグの屋台がありました。うまそうなホットドッグが売っているのに、それを買うお金がありません。そこでオレは、屋台のおっちゃんにこう言いました。

「おっちゃん。コーヒー牛乳ちょうだい」

「おおきに」

とおっちゃんは言いました。

しばらくしてそれを飲み干すと、今度はこう言いました。

「おっちゃん、フルーツ牛乳2本とホットドッグ2つと、カラシ多め」

「おおきに」

とまた言ってくれました。

死にかけて、奇跡的に助かってホ〜ッとしたこともあり、めちゃめちゃ腹が減ってきて、それからサイドメニューばかりを注文しました。

気を良くしたオレは、ついつい頼み過ぎてしまい、合計の勘定が2000円近くに膨らんだのです。すると——

「おい、兄ちゃん。ええ加減にしといてくれるか。そろそろ銭、払ろうてくれ」

と、屋台のおっちゃんが言ってきました。

財布を出して中を覗きました。10円玉が数枚あるだけです。しかし、罪悪感はまったくありませんでした。シャブ中というのは口から出任せが得意です。いかにして言い逃れするのかばかりを考えています。オレの言い訳はこうでした。

「そんなら、このJCBカードで」

そう言ってオレは盗難カードを出しました。

すると、おっちゃんの顔色が変わりました。

「屋台でカードみたいなもん、使えるわけがないやろがい」

そこでオレはこう言いました。

「カード使われへんのでっか？　ほんなら2000円は払うけどその代わり、今8000円貸してくれへんかな。このレンタカーの車検証カタに置いとくから」

「？　レンタカーは『わ』ナンバーやろ？　この車『ね』になっとるがな」

とおっちゃんが言うので、

「『わ』ナンバーのレンタカーやったら格好つかんので、みどり色のペンキで『わ』のところを書いて『ね』にしてまんのや。合計1万円を貸してくれということや。その1万円は、明日返すから」

「アホぬかすな。殺すどクソガキ。ワシもテキ屋の端くれじゃコラ。銭いらんから帰れ」

おっちゃんは怒って貸してくれませんでした。

シャブ中というのは、周りに迷惑がかかるとか思ったりしません。相手の都合はおかまいなしに、自分の都合を中心に考えるようになるのです。

賭博ゲーム屋にて

お金に困っている状態が続いていた時は、なんでもしました。

ポン手（約束手形のこと。額面100万円でした）を持って24時間オールナイト営業の賭博ゲーム屋に行きます。そういうポン手を2万円で売っているところがあるのです。

「これでポーカーゲームさせてくれや」と言うと、店側はどっちみちポン中は熱中して全部負けるわと思ったようで、「よろしいで」とそのポン手でやらせてくれました。

するとオレはすぐに80万円流して、こう言います。

「よっしゃ帰るわ。釣りくれ」

「えっ」

「帰るから釣りをくれ言うとんのじゃ。お前、その手形でポーカーゲームしてもかめへん言うたやないかい」

と横車を押して20万円貰って帰るのです。

もちろん、そのポン手は期日までは生きていますが、１００％不渡りになる代物でした。

ポン手も、金もない時はどうするか。

オレはまったく知らない賭博ゲーム屋に入って行き、次のように言いました。

「ワシの友人がこの店で合計２００万円負けとる。よって1割の20万円返してやってほしい。こんな賭博ゲーム機、置いたらあかんやろ？　法律で禁止されとるゲーム機やないけ。コラ、20万円返したらんかい。ワシも子どもの使いで来とんのとちがうから、手ぶらでは帰れんで」

すると「なんで返さなあかんねん」と言うので、店の公衆電話で１１０番をしました。

「もしもし、この店、賭博ゲーム機置いてまっせ」

そう言って電話を切りました。

そうするとすぐに逆探知され、警察から電話がかかってくるのです。

リリリリ〜ン♪

「どないするんや？　２００万円のたった20分の1の10万円でも返してくれるんやったらワシは引き揚げるで」

そう言うと、「分かった。10万円返す」と話がまとまります。オレは受話器を取り、言います。

「すんまへんな。客の酔っ払いが勝手にかけたんですわ。そいつは今、店から出て行きましたワ」

１１０番通信指令室の人間は、

「分かりました。事件でも事故でもないですね。了解しました」

と一件落着し、相手からうまく10万円をせしめるのです。

しかし、こんなことをしていると、やはり天罰が下ります。

大体賭博ゲーム屋というのは、ほぼ１００％バックでヤクザが面倒見ています。あちこちで同じことをして、これまでに計3回、ヤクザにさらわれました。ある時は目隠しされ山奥につれて行かれて、殺されそうなぐらいボコボコにされ、山奥で解放されたこともあります。顔はボクシングでＫＯ負けした人みたいに腫れ上がり、あばら骨は折れ、頭は血だらけで悲惨な状態です。痛みで息ができないぐらいのケガをしました。

その時のことを少し書きます。

オレは賭博ゲームで大負けして、その店の人間の横着な態度に腹が立ちゲーム屋で暴れていました。車に積んであった金属バットでゲーム機をつぶしてる時、その現場にヤクザが車2台で来て、道具（ピストル）を突きつけられました。

その後、頭から袋をかぶせられて車に引っ張り込まれ、車から降ろされたら山の中でした。寄ってたかって踏んだり蹴ったりされて、もしかしたら殴り殺されるんとちがうかと思い、その時オレは積極的なマイナス志向になっていました。いっそのこと早く楽にしてほしいと思うほどボコボコにされると、不思議と「死んでもええワ」みたいな心境になるものです。

「コラ、ゲーム機無茶苦茶にしやがって。弁償せんかい」

オレは家の電話番号を言わされると、そこの若い衆が車に乗って公衆電話に行きました。オレの親に電話して、ゲーム機をつぶしたこと、弁償する義務が親にあるということを言うたらしいですが、うちの父親は「野良犬にかまれたと思うて辛抱してくれ。和男とは親子の縁を切ってるので」と言ったそうです。

それから誰かに弁償してもらえと言われたものの、そんな人はいるはずもなく、結局、また殴られるだけ殴られた挙げ句、こう聞かれました。

「コラ、オンドレ、思い残すことはないんかい？」

「ほんなら最後に覚醒剤一発だけ打たしてくれまへんか？」

そう言うたとたん、またボコボコのバチバチに殴られたのですが、一番上らしき兄貴格の人が「言う通りにしたれ」と言ってくれました。

「最後にシャブ打ちたいんやったら、打ったらええがな」

そう言うてくれたので、８人ほどの人間に囲まれた状態で、オレはポケットからシャブと注射器を出して注射器の中にシャブを入れ、水がないので注射器の針を血管に突きさして血を逆流させ、シャブを溶かして身体の中に入れました。

そして「えらいすんまへんでした」と言って、オレなりに腹をくくったのですが、兄貴格の人が「お前、なかなかおもろい奴やのう。お前みたいな究極のポン中、初めて見たわ。もうあの店には絶対来たらあかんど」と言って、なぜか許してくれたのです。

オレは「お前、思い残すことはないんかい？」と言われて「最後にシャブ一発打たしてくれ」と言った日本一のどうしようもないゴミだったのです。

覚醒剤を買うために

また、ある時は野球賭博もしました。

たとえば巨人VS阪神戦があるとします。こちらのノミ屋には巨人に張って、ちがうノミ屋には阪神に張ります。

野球賭博に現金は必要ありません。ＪＲＡの競馬みたいに現金を持って馬券を買うのではなく、電話１本で張れるのです。大口の掛け金は信用なければ張れませんが、５万円ぐらいの小口なら、誰でも気軽に張らせてくれる所があるのです。

そして勝ったノミ屋からお金を貰い、負けたノミ屋には待ってくれと言って金を払わずに飛ぶのです。野球賭博の胴元はヤクザがやっているので、まさに命がけです。シャブのためなら何でもしようと思っていたので、まさしく命がけの有言実行をしていたのであります。

また、元ヤクザでしたから、相手の出方が分かるということもあり、彼らからも銭をせしめたことがあります。

ある時、スーツを着た真面目そうなサラリーマンに変身して、ミナミのボッタクリバーに行ったことがあります。その情報を仕入れ、ケータイで録音しながら入っていくのです。

「ビール1本とポッキーをください」

鮮明に録音できるように大きな声で注文し、5分ぐらいしてこう言います。

「用事思い出したから帰ります。おいくらですか？」

「14万7千円です」

「オンドレ、ビール1本とポッキーで14万7千円？　どういうことじゃ。ここは北新地の高級クラブより高いんか？　オーコラー　納得いく説明せんかい」

と脅し、録音してたことを明かすのです。

ボッタクリはダメという道徳と、1＋1＝2の話を店の奴らに教えてやり、その教育料として小銭を貰うというわけです。

こちらも、まさに命がけです。

覚醒剤を買うためには、本当に何でもしたということです。


それ以外に、こんなこともありました。

今はビデオオンデマンド（インターネットの動画配信サービス）が主流となりましたが、昔はレンタルビデオ店が街中にいくらでもありました。

お金がなかったため、因縁をつけてやろうと画策し、どこでもいいので目に付いた店を訪れたのです。

店に入るなり、カウンターのお兄ちゃんを脅しました。

「おい、お前。この店は裏ビデオ売っているらしいな。誰に断って商売してるんや。ワシにゼニ払うか警察に自首するか2つに1つや、どっちか選べや！」と。

飛び込みで入った店ですから、販売しているかどうかなど分かりません。

ただのブラフ（脅し）です。

「兄ちゃんじゃ、話が分からん。責任者呼んでこいや」

昭和の漫才師の人生幸朗師匠じゃないが、こちらも脅しですから、うまくいけば儲けものぐらいの気持ちでした。

ところが、です。

責任者が店の奥からおずおずと出てきました。たまたま〝当たり〟だったわけです。ただし〝取り過ぎ〟はいけません。警察に駆け込まれてしまいます。5万円ほど貰って、その場を退散しました。

こんなことをもし今やっていたら、次の日には防犯カメラの映像をテレビで公開され、皆の笑いもんになっているところです。

自らの恥をさらすついでに、ポン中であったオレがどこまで堕落していったのかを知って頂く意味でも、あと少しエピソードをお話しさせてもらいます。

昔「餃子の王将」では、餃子一人前サービス券を配布していました。

その券の使用条件は「何かを注文した時に同時に使用できる」というものでした。

つまり、その券単体では餃子を貰うことはできず、チャーハンなど別のメニューを頼まなければならないということです。

お金が10円しかないオレのやり方はこうでした。

カウンターに座って、何も言わずに引換券を出します。

すると店員が言います。

「お客さん。何か注文してもらえますか」

「オレは餃子だけが食べたいねん」

「申し訳ありませんが、これは無料券ではないのです」

「餃子くれ、はよ」

このような押し問答を5分間ほど続けていると、餃子一人前ぐらいの値段で揉めているのがバカらしくなってくるのでしょう。店側としては他のお客さんの手前、あまり揉めている姿をさらしたくありません。そして仕方なく、こう言うのです。

「分かりました。餃子一人前お持ちします。今回だけ特別ですよ」と。

ほんまにオレは、ゴキブリより嫌われていた最低の恥知らずなゴミでした。

クレジットカード詐欺

餃子の王将で餃子一人前をサービスしてもらうのは、オレの中ではまだかわいい部類に入ります。もう少し狡猾な犯罪をしていました。

平成5年頃、オレがポン中の頃のクレジットカード詐欺の話です。

実は、クレジットカードは闇ルートで販売されています。もちろん、他人名義のカードです。盗難カードなのか本人が売り飛ばしたのかは、不明です。

そういう場所に行くと売人が出てきて、VISA、JCB、アメックスなどのクレジットカードの束をトランプや花札を切るみたいにして見せてくれます。

「どれにしまっか？　ゴールドカードもおまっせ」

そう言って、1枚2万円から3万円で売ってくれるのです。

なぜ盗難カードを、お金を出してまでわざわざ買うのか。

盗難カードは、すぐに店舗から本部に情報が回され照会されて、使用できないのではないか。そんな心配は素人の方だけのものです。オレには、本物のクレジットカードであれば、盗難カードでも何でもいいのです。

現在はどこの店にもCAT端末が置いてあるので不可能ですが、昔は手に入れたらまずタクシーに乗り込むのです。当時のタクシーのクレジットカード決済は、カード本体とカーボン紙を挟んでカッシャンと通す方法（インプリンタ）が主流でした。

そこに抜け穴があるのです。タクシーでは999円以上は、この方法で乗車できません。そこで、ほんの短距離だけ乗って、降りる時に運転手さんと交渉します。

「あのな。メーターは1000円やけどな。3万円でええで」

「どういうことですか」

「メーターを3万円乗ったことにして、カードを3枚切ったらええやないか。つまり9999円を3枚切ると約3万円になる。それをオレはクレジットカード払いとする。おっちゃんは3万円の売上になるやろ。その代わり、今オレに1万円支払ってほしいんや」

そう言って交渉すると、大抵の運転手さんはこの〝おいしい話〟に乗ってきます。それで、タクシーに乗るたびに1万円が儲かりました。

タクシーの運転手さんにはそれ以外にも、「おっちゃん、新型のバイアグラが出たで。新型のバイアグラはこんなに小粒になりましたで。小粒やけど効き目は2倍以上やから強力でっせ」と言って、睡眠薬のハルシオンを2錠2000円で売ったりして、大変迷惑をかけてしまいました。そのおっちゃんは目をキラキラ輝かせながら買ってくれたのですが、女性と一戦交える時に元気になるはずが眠たくなるので大変申し訳ないことをしました。

「天網恢々疎にして漏らさず」ということわざがあります。

天が悪人を捕えるために張りめぐらせた網の目は粗いが、悪いことを犯した人は１人も漏らさず取り逃さない。天道は厳正であり、悪いことをすれば必ず報いがあるという、中国の老子の有名な言葉です。

オレとしては完全犯罪を行ったつもりですが、ことわざ通りにこの後、警察に御用となりました。欲を出して１日に何回もやってしまったので、クレジットカード会社の本部から警察のほうに捜査要請があったのでしょう。世の中は広いのに１日に同じタクシーに２回も乗ってしまったのです。

「おっちゃん、どっかでワシと会ったことあるやろ？」

「６時間前にも乗りましたがな」やて（笑）。

けれど、この時はシャブの反応が出ずに、オレは起訴猶予処分で娑婆に戻ったのです。あまり信じてもらえませんが、ウソのような本当の話です。オレのようなゴミは死にかけても死なず、悪いことをしてパクられてもなぜか起訴猶予で出てくるのです。もしかしたら、ゴキブリを上回る生命力があるのかもしれません。

評論家の的外れなアドバイス

皆さんは、ここまでオレの話を聞いてさてどう思いましたか。

覚醒剤中毒者の実態が、おぼろげながら掴めたのではないでしょうか。

もうお分かりのように、覚醒剤中毒者などに対するテレビの評論家の発言はまったくの「的外れ」です。彼らはすぐに「頼れる知人や友人に相談しなさい」とか「病院などの更生施設に通いなさい」などと、本やネットに書いてあることをそのままコピーして、通り一遍のことしか絶対に言いません。

政治評論家がシャブのことで蘊蓄《うんちく》を語る資格はありません（政治のことだけ語っとけ）。この人らのびっくりするところは、政治評論家のくせにスポーツ、芸能、株式市場、さらにIT業界のことまで蘊蓄をたれ、挙げ句の果てにヤクザの抗争事件のことにまであ〜だのこ〜だの、見てきたかのようなことを言うのです。山一（山口組と一和会）戦争は凄かったというが、一部の人間を除いて飲みに行っていたと言いまんネン。殺されたり撃たれたりする人は運が悪かったとしか言いようがなく、昭和10年代の太平洋戦争みたいに山一戦争、山一戦争と言っていたら、世間の人は太平洋戦争のごとくひどい戦争やったんやなと思う人もいるでしょう。ポン中のゴミのオレが政治のことを語ったらおかしいやろう。それ故、この人らもヤクザのこととかシャブのことは語る資格がないのです。

また、芸能レポーターが覚醒剤の恐ろしさを語る資格もありません。シャブを打ったことがない人間がシャブの蘊蓄を語るなということです。いくら周囲の人が適切な助言をしたりサポートしたりしようが、やめられない人間はやめられないのです。

仮に更生施設に入ったとします（ジャーナリストは二言目にはダルクに入れなさいと、ダルクダルクダルクと言うが、カネがない人間はダルクには入れてくれないです。20万円くらいの預かり金を入れてくれと言われます。生活保護の人間なら入れてくれるのですが）。けれど、縄や鎖で完全に拘束するわけではありませんので、ポン中は隙を見つけては抜け出し、覚醒剤を手に入れてしまうでしょう。ダルクを抜け出した連中の中からは、再三逮捕者が出ると聞きます。

ダルクは皆さんが一生懸命に働いた税金が注がれ成り立っています。今やダルクは貧困ビジネス化、ポン中の隠れ蓑です。つまりダルクの入所者のほとんどが、生活保護を受給して、そのカネでダルクは運営されている事を皆さんは知っておくべきです。

ダルクに入所するにはカネがいります。それ故、ダルクの職員が入所希望者の人間を役所に連れて行き「詐病」つまり、仮病を申告させて「幻聴が聞こえる」「幻覚が見える」などと言って生活保護の受給者にさせるわけです。幻覚や幻聴は本人にしか分からない訳で、簡単に生活保護費を詐取できる訳です。こんなもの完全に犯罪です。

また家の近所に、ダルクみたいな施設ができると完全に近所迷惑です。大袈裟かもしれないが、その土地やマンションの値段が下がるのは言うまでもありません。それに、シャブみたいなもんは1人でやめるべきものです。

なぜか？　つきたての餅の中にカビの生えた餅を一個入れると周りからカビが生えます。それと同じで「シャブをやめるぞ」と固い決意でダルクに入所したところで、まわりが不謹慎なポン中が集まっているようなところでは絶対にシャブはやめられません。

またシャブをやっている奴は人に勧めるという悪い癖があります。シャブを覚えさせて、カネを引っ張るためです。

話は逸れますが、知り合いの会社の話です。

小さな会社でしたが、まじめな人間ばかりが働いていたし業績も順調でした。しかしある日を境に坂道を転がり落ちるかの如く、会社は傾いていきました。覚醒剤経験のある19歳の若い人間を雇ってしまったからです。その未成年の人間は社長に気に入られて、プライベートでも行動を共にするようになりました。2年後には小さな会社は倒産しました。社長がポン中になってしまったからです。可愛がってプライベートでも行動を共にするようになった若い社員が、あろうことか社長にシャブを教えたからです。ポン中がらみのそのような物語はいくらでもあります。

話を元に戻します。オレの知り合いでダルクに入所した人間が数名います。皆が同じことを言います。「ダルクみたいなところでは、シャブをやめるどころか、逆にやりたくなるし、虫が湧く」

まじめな人間が嬉しい時にタバコを吸って「幸せやなぁ〜」と煙をふかす。逆に哀しいことがあった時にもタバコを吸って「仕方がない、一からやり直そう」と煙をふかす。そんな感じで、嬉しい時にも哀しい時にもポン中はシャブを打ちます。

一般人は、だいたいの人は仕事に行く時にはコーヒーを飲んで仕事をします。コーヒーがないと仕事に集中できません。カフェインも麻薬の一種です。もしカフェイン取締法ができたら、果たして世間の人は、コーヒーをやめれるのか？　疑問です。

刑務所でも週に1回はコーヒーがでます。日頃仕事をしないナマクラな受刑者でも、コーヒーが出た日にはめちゃくちゃ仕事をするのです（笑）

それにタバコをやめている人の横でタバコを吸う人がいたら「ちょっと1本くれまへんか？」となるのが自然です。

ダルクの中でもシャブを段取りして皆で打っている無茶苦茶なダルクもあるらしく、それがバレても警察にも通報はしないらしい。

なぜか？　それはダルクという名を使い、ビジネスにしているからです。ふざけたダルクが多すぎるので怒りを覚えます。ダルクみたいなものは何の意味もない。何の意味もないのに、ダルクダルクダルクとほざくなということです。

やめる人間は、オレみたいに誰の力も借りずに自力でやめます。オレがあっちこっちのダルクに電話して、「中林といいますが刑務所8回、獄中20年行きましたが、15年前に自力でシャブを断ち切りました。カネなどはいらないし、手弁当で行きますから1度話をさせてもらえないか？」と電話をしていますが、すべてのダルクは「いらない」と言います。

「ダルクでシャブをやめた人ではないから話を聞いても仕方がない」

この人らの目的は、薬物からの離脱ではないのか？　ダルクでやめようが自力でやめようが、目標は1つ、薬物との絶縁です。しかし、いまだどこのダルクも中林の話を聞きたいと言ってきたところは皆無です。

何回でも言いまっせ。

何の意味もないダルクに国民の血税を使うなと言いたい！

そこまで「ダルク、ダルク、ダルク」というのなら慈善事業で身銭を切ってやればいい。

我々の税金がダルクに流れます。

いい加減にしとかんかい！！

と思うのはオレだけではないでしょう。

シャブの経験者であれば100％分かることです。ダルクの訳の分からないプログラムなど意味がありません。そんなマンガみたいな事をせずに、体を動かして働いて汗をかいて苦労して、稼いだカネの有難さを教示するべきなのです。

薬物やアルコール依存の経験者であれば皆さん同じ事を言うでしょう。ダルクダルクと唱えているのは、ダルクを経営してそのカネで生活が成り立つ施設長と、芸能人がシャブでパクられてもう一度芸能界で再起を果たすために「シャブをやめてまっせ」と、アピールをしてダルクの名前を利用している奴らだけです。

さらにダルクは、裏で寄付金も募っていたりします。額に汗して働いている我々国民を馬鹿にするのも大概にしとかんかい！　ホンマふざけたダルクには怒りしかありません。

オレがなぜダルクには怒りしかないのか？　なぜダルクはダメなのか？　皆さんに伝える責任がオレにはあります。ここにダルクの正体を暴いておきます。先に書いたことと重複するが、承知で綴っていきます。マトモな人間の頭で考えると看過できないことがあるからです。

皆さんは、ダルクとか自助グループで使われている「12ステップ」という言葉を聞いた方も多いと思います。ダルクでは薬物依存&アルコール依存&ギャンブル依存者に対して「12ステップ」なる教育がなされています。しかし、この12ステップなどという治療法は、実際の話しまったく何の役にも立っていないのです。

この12ステップの教えはどこからきているのか？　それを知っている人は少ないと思うので真実を書いておきます。この訳の分からない治療法は、根っこをたどれば元々は「キリスト教」の宗教の中の教えなのです。

これを日本に持ち込んだのが「ロイ神父」とかいうオッサンであります。そしてロイ神父を崇拝したのが、ダルクの創始者、故人となられていますが、日本ダルクの「近藤恒夫」氏であります。近藤氏はダルクを発展させるために、いろいろと思案したのであろう。キリスト教の発想のままでは他の宗教の信者が嫌がるし、取り込めないという理由から、ロイ神父が唱える「神」を「ハイヤーパワー」などという意味不明な言葉に置き換えるなどしてダルクの入所者を増やしていったと聞いています。

近藤氏はキリスト教布教のために12ステップを取り入れたわけではないと思いますが、一方で、歴史に残る大罪人、○中×子とかいう「究極」がつく嘘つき女が、これも「究極」がつく嘘つき男、○知×生に布教したのが発端で、世の中に大きなデマ情報が流れているのが現状です。この人らの仲間で、○本×彦医師というオッサンもいます。コイツらは損か得かだけで生きている精神的に汚れている奴らだけあって、タッグを組むことにだけは利害が一致したのであろう。

この嘘つきコンビの話しを聞いていると、ツッコミどころ満載です。オレと2時間討論させてくれたら、フラフラになるまで再起不能にしてやる‼

物事には何でも限度というものがあります。限度を超える嘘を次から次へと並べ立てて嘘のオンパレードみたいなことばかりほざいている奴は叩かれて当然です。

薬物やアルコールやギャンブル依存などは、99.999%治療法などありません。これはやってる本人しか分かりません。外野の素人ではわかるはずもないです。

薬物&アルコール&ギャンブルを止めるのは、己の意志だけです。ちなみに何の効果もないと思うが、この医師たちが治療に取り組んでいる「ＳＭＡＲＰ」という治療法があります。〇本医師は、〇中×子とタッグを組み、芸能人や元プロ野球選手でそこそこ名の知れた人間を己の患者にして「自助グループに行かないと回復しない」などとデタラメな話しをして、ユーチューブなどでも大嘘を吹きまくる有様です。

「自助グループでは何人の入所者や参加者があり、何人の人間が更生を果たして立派に社会人として卒業していったのか?」「データーにして説明せんかい‼」と毅然とした態度で聞いてみたい。

しかし、更生できた人間がほぼ皆無であるため、したくてもできないのであろう。訳の分からない意味不明の12ステップで患者がどんどん更生しているのなら我先にとデーターとして残しているはずです。

またこの人らは、言い訳として「薬物やアルコールやギャンブル依存は一生の戦い」などとほざいています。〇本医師は、常日頃は「刑罰より医療」とめちゃくちゃ眠たい話を二言目には発信しているのに、２０２３年8月、大々的に問題になっている日大アメフト部の大麻&覚醒剤の逮捕騒動に対してはダンマリを決め込んでます。

信念があるのならテレビでも雑誌でもインタビューを受けて「刑罰より医療」と、正々堂々と持論を唱えたらいいと思うのですが、世論を敵に回して己のブランドを落としたくないのです。とにかく、この人たちは1から10まで「損か得か？」です。己の信念や意地などないのは明白であります。

薬物依存の人間なら皆口を揃えて「薬物依存者に治療方法などない」と言います。それ故「刑罰より医療」の逆、「医療より刑罰の厳罰化」しかないのです。

中2でシャブを覚えて犯歴23犯、前科11犯、少年院1回、刑務所8回、獄中20年のオレなどは、誰の力も借りずに己れ1人の意志と信念ですべての薬物を断ち切りました。あんな愚かな薬物など二度とすることは100%ないし、やりたいとも思わない。もし再び薬物に手を出したら答えは見えているからです。まわりに迷惑をかけ皆から嫌われて愚かな人生に逆戻りするわけです。

にもかかわらず「何が一生の戦い」じゃ～大馬鹿モンが。オレはシャブもコカインも大麻もタバコもギャンブルもすべて止めました。寝る前に350のビールを1本飲む程度です。

○本×彦&○中×子&○知×生につぐ。素人の一般ピープルに対して、思いっきりええ加減な嘘をつくのも大概にしといてくれ。

この人たちは今まで散々デタラメな嘘八百を発進してきたことに対しての罪の意識を持つべきです。この極悪嘘つきトリオには哀れみと憤りしかありません。

タチが悪いのは、元々ダルクと関係の深かった厚労省と組んで「自助グループ信者」

「12ステップ信者」を増やしていることです。これを信じた12ステップ信者は、それ以外は信じないため、他の選択肢を選ぶことはなく○代M氏のように、見事に12ステップで失敗した者に再使用しても回復しているなどと上辺だけの言葉を発して世間を馬鹿にしてます。

ダルクは薬物を止めるのが終着点になっていますが、しかし、薬物を止めた上でどう社会生活を送るかが大事です。薬物を止めているだけの生活なら、刑務所生活と何ら変わりはありません。薬物やアルコール断ち目的の単なる馴れ合いの情けない話を、皆で順番に話しあうことしか行われない点で言うと、ダルクは何の意味もなされてないどころか、精神弱者を対象とした悪徳ビジネスでしかありません。

だからダルクの関係者が何も知らない素人相手に「ダルク、ダルク」と唱えるのです。また元男性アイドルのT中はシャブで逮捕されました。その事件での判決から9日後に再びシャブで逮捕されてます。当たり前のことだが、世間は大バッシングの嵐でした。

にもかかわらず、○中×子&○知×生は「T中君は頑張っていた」などと自身のユーチューブを使って思いっきりええ加減なことをほざく始末でタチが悪すぎるのであります。判決をもらって9日で再度シャブでパクられる人間のことが頑張っていた？　この嘘つきコンビは、速攻精神病院に隔離されるレベルのことを正々堂々とユーチューブで垂れ流している恥晒しであります。

この人らは、自助グループに人が来れば来るほど懐が潤う。それ故、横山たかしひろしの漫才並みのホラを平気で吹くのであります。悲しいかな、こんな大ホラを素人は信用するのであります。判決から9日目で逮捕された人間を「頑張っていた」とか、何をか言わんやであります。

ホテルに入ってシャブを打って必死でキメセクに頑張ってたんやないか。

もう利害関係だけで引っ付いている人間の悪質さにはヘドがでるのであります。嘘つきは嘘つき同士仲良くなります。まさしく、損か得かだけの黄金コンビです。

「12ステップ」は、根っこがキリスト教の教えならどこまでいってもキリスト教です。しかし、ダルクの人間は口を揃えて同じことを言います。「ダルクは宗教とは関係がない」と。いや、途中途中で神に対しての祈りが入り、キリスト教そのものやないですか？　これが宗教でないなら、その証明をしてほしいものです。

ダルクと同じ教育とプログラムを実施している「アノニマス」というのがあります。場所はキリスト教の教会でやっているのであります。もっと掘り下げて考えると、我々が納めている税金が「生活保護費の一部から」キリスト教のお布施に流れていると思うのが自然です。

オレは宗教を否定しているのではありません。オレも含めて人間は弱い生き物です。オレは「宗教」は非常に良いものだと理解してます。信仰を持っているから約束を果たす。

信仰を持っているから人を裏切らない。信仰を持っているから慈悲の心は失わない。宗教というものは本来こうあるべきです。

キリスト教の12ステップこれをそのまま薬物やアルコールやギャンブル依存にリンクさせるなど、小学生の低学年が考えても無理があるので、オレの本の紙面を使い断固抗議しておきます。

ただし、ダルクに入所する者は、孤独で寂しい人たちばかりです。シャブ中は誰からも相手にされず、肉親からも毛嫌いされる人も多いです。そういう人たちの「最後の生きる砦」に、ダルクはあるのだと「運営方針」を変えるべきです。

覚醒剤中毒者とはいえ、あくまでも大切な「命」を守るためです。シャブや酒をやめるのには、何の意味も持たないないダルクではありますが、しかし寂しい人間が集まり「死にたい」と思いながらも最後に行き着くところがもしかしたらダルクかもしれません。

「大切な命を守る」

そのためにダルクが必要なら仕方がないのかもしれない。

ここ最近になって、ようやくそんな風に思うようになりました。

オレは、両親が倒れて財産食いつぶしても、やめられない人を大勢知っています。嫁さんが自殺してもやめられないという人もいました。シャブでショック死した人も３人見てきました。それほど、やめられないものなのです。

覚醒剤をなくすため「覚せい剤取締法」という法律が作られています。また、その法律をもとに警察の取り締まりもあります。さらに、警察や医者などが学生などに注意を促すパンフレットを作成したり、テレビ番組が作られたりもしています。それでもオレは、世の中から覚醒剤がなくなることはないと断言します。ヘドロの中で泥水を飲み込んで、ドブネズミのごとく社会の底辺を歩いてきたシャブ中のオレが言うのですから、間違いありません。

シャブの世界は汚い世界です。シャブを手に入れるための絵を描きまくって、肉親でも罠にはめ、貶《おとし》めるようなことを平気でする。シャブが人間の知性や魂までも奪うのです。シャブのためならどんな手を使ってでも恩人からでもカネを騙し取り、あろうことかそれを他人のせいにして責任転嫁する。目の前の欲望と利益に走らせるのです。一度でもシャブの味を知ると、親友を裏切ろうが両親が倒れようがシャブの持つ悪魔の魔力には絶対に勝てないのであります。こんな人たちをどのようにして支えるのか？　ええかげんなことばかり言うコメンテーターの人たちに、オレが教えてほしいぐらいです。

ポン中を減らす方法は1つしかない。もしオレが政治家であったなら、覚せい剤取締法をすぐに改正します。

現状はどうなっているのかと言いますと、所持・使用ともに、懲役10年以下と条文には書かれています。営利目的では、たしか20年以下だったように記憶しています。

しかし、実際には初犯で執行猶予がつきますし、再犯でも2年以下の懲役となる場合がほとんどです。懲役という制度が、犯罪の抑止力にまったくなっていないのです。そやから、オレのように8回も刑務所に行くアホが出てきます。

オレが力のある政治家であれば、懲役30年以下に法改正をするでしょう。

これなら「1回逮捕されたら、30年、あの塀の中で飯を食わんとあかんのか」とシャブを思いとどまらせることができます。いくら病気といえども、1発注射して懲役30年となると、99・9999％のほとんどのポン中はやめるに違いないのです。そうなれば、日本からシャブが消えてなくなります。

日本の法律は中途半端です。オレの子どもの頃は、初犯でシャブの使用は懲役1年執行猶予3年、現在では懲役1年6月執行猶予3年が相場です。ほとんど大差ありません。覚醒剤と振り込め詐欺は、もっともっと厳罰化しなければならないとオレは思います。

海外の覚醒剤事情

海外に目を向けると、日本以外のアジア諸国はほぼ厳罰となります。

有名なのは中国です。

1972年の日中国交正常化以降、7人の邦人が死刑となっていますが、そのほとんどは、覚醒剤の大量所持です。裁判が開かれますが、抗弁する機会すら与えられないようです。

アジアの中で比較的緩いとされるベトナムはどうでしょうか。

ベトナムで、覚醒剤所持で捕まると、更生施設に送致されることになっています。これを日本の病院のようにとらえてはいけません。ベトナムにおける更生施設とは〝強制収容所〟であり、まるで地獄のようなところだといいます。ちなみに、出所日は未定です。いつ終えるか分からない刑期をただ黙々と、国際企業に納品する製品を作る手伝いをやらされるらしいです。「オレは無実だ」と工場勤務を拒否すれば、体罰を受けるといいます。この体罰とは、国際的な人権保護団体から「ほぼ拷問である」との声明が出されているほどです。

近年、注目されるドバイはどうでしょうか。

ベトナム同様、すぐに過酷な労働が待つ刑務所送りとされてしまうそうです。問題はそれだけではありません。たとえば、日本で覚醒剤を打って血中に成分が残った状態でイミグレーションを通過すれば、覚醒剤の所持とみなされるそうです。また、ドバイでは日本の薬局で販売されている頭痛薬などの鎮静剤までが違法薬物となっていて、長いフライト時間の合間に飲んだ頭痛薬のおかげで逮捕されてしまった人もいると聞いたことがあります。

アジア諸国をはじめ世界各国は、覚醒剤などの麻薬に対する厳罰が、日本の比ではないのです。

日本で中毒患者を本当に更生させたいのであれば、懲役30年は必要です。

これがオレの持論です。

第3章　留置所・拘置所・刑務所

テレビ番組「警察24時」のウソ

ところで、テレビでは「警察24時」という番組がよく放映されています。見ていると、芸人がやってるコントやね。テレビではいい場面しか放映しないからです。片っ端から職質をかけているのです。100回のうちのたった1回か2回ポン中を捕まえられる程度なのに、捕まえた場面しかテレビでは流さないのです。それに、誇張された表現が多いです。

「まむしの○○」「職務質問のプロ」「○○の嗅覚には恐れ入った」やて。

何も犯罪を犯してもない仕事中の人間に、まむしのようにしつこくしつこくつきまとわられたらたまったものではありませんし、警察官に動物の嗅覚がありまんのか？　ええかげんにせんかいという話です。仕事中に無理やり小便を出しに連れて行かれると、約2時間近く体の自由を奪われます。つまり、職務質問を受けると仕事をクビになるのです。そのたびに、どれほど悔しくて、どれほど苦しくて、どれほどやりきれなかったか、そんな気持ちをこの白い紙に文字にして表すことはとてもできません。

たとえば、「目が合うと、そらした」など言いますが、どこまで信じてよいか分かりません。ちょっとした動作から犯罪者を見抜く例を表しているようですが、よく考えてみてください。あなたにも経験があるはずです。見回りの警官やパトカーが来たら、自然に目をそらしますよね。変な言いがかりをつけられたくないのが普通ですから。つまり、警官と出会う人のほとんどは、自然と目をそらしているのです。

また、職務質問をして逮捕する場面もあります。それ自体にウソはありませんが「数」が違うのです。

たとえば夜の歩道で、自転車の窃盗を調べている警察官がいますね。とにかく自転車のライトが付いていないのを片っ端から停車させて、調べているだけです。何十台、何百台です。つまり下手な鉄砲も数打ちゃ当たる、これが真実です。

自転車窃盗の職務質問をしている警察官の横を、本当に窃盗している犯人が通ったとしても、その犯人がライトを点灯していたら、あっさり見過ごします。そこには〝プロの嗅覚〟はありません。ただ、ライトを点灯していない人だけに職務質問をしているのです。

警察の本署へ夜中に行ってみてください。当直しながらテレビやスマホを見ています。病院の待ち合い室じゃあるまいし、「お前、何スマホ見とんのじゃ、このボンクラがあ」

と言うと、判で押したように「遊んで見てるわけではなく調べ物をしている」と言います。「何テレビ見とんのじゃ」と言うと、「地震の情報はテレビが一番早いから」と言います。言い訳をする言葉は誰でも同じです。警察のパソコンはインターネットにつながってないのです。

また、〝交通遺児に愛の手を〟と書いた募金箱には1円、5円、10円、50円、100円玉しか入っていません。オレらに「愛の手を」と呼びかけるのであれば、まずは己らが率先して募金してからやろうということです。

テレビというのは、放送法により、どちらかに偏った表現をするのは許されていないはずです。しかし、放送局としては警察モノは手堅い視聴率が取れますし、警察にとってテレビで放映されるのは有効な広報手段でもあります。この両者の利害関係が一致しているため、非常に偏向した報道がなされているのです。

道行く人、100人のうち99人は犯罪者ではありません。その99人を忙しい時に足止めして、迷惑をかけている。それが実態です。放送するなら、ええことも悪いことも平等に放送してくれまっかという話です。

警察官は出世するためには、実績を上げないと昇進試験で不利になります。己の出世のための試験で有利になるよう、我々弱い者をイジメて交通違反切符を切ったり、職質で市民の迷惑など関係なくやりたい放題しているのです。

社会正義より己の出世

つまり、社会正義より己の出世のために警察官をやっているのです。社会正義の上にこいつらの出世があるのなら話は分かるのですが、こいつらの出世の上に社会正義があるのです。

他にも、まだまだあります。

大阪～神戸間には、それぞれを結ぶ幹線道路、国道43号線があります。高速道路と並行しており、道幅が広く、スピードが出やすいのが特徴です。

ところが、です。そんな走りやすい道が、場所によって制限速度40キロに設定されているのです。横の高速道路を走っている車を見ると、ゆうに80キロは出ています。それぐらい速度が自然に出てしまう場所です。

そこで、夜半、仕事中に車を走らせていたら急にサイレンが鳴りました。後ろからパトカーが追いかけてきて、スピーカーで呼びかけます。

「運転手さん、車を左に寄せて止まってください」

オレはゆっくりと走っていたため、酔っ払い運転と間違われているかなと、車を寄せて停車させました。パトカーに乗ると59と表示されています。

「19キロオーバーです」

40キロの制限速度だから、59キロで運転していたことになります。いたって普通です。どこがおかしいのか分かりません。その道路は、最低70キロで走らないと後ろからクラクションを鳴らされるので、流れに沿っていただけです。

「40キロで走っていたら、後ろからクラクションを鳴らされるか、追突されるで。ワシら弱い者をイジメておもろいんかい？　お前、警察手帳見せんかい。今回のことは国家権力のイジメやから、毎日放送の『憤懣本舗《ふんまん》』に投書しとくからな」

そう言ってしばらくごねていたら、こいつはダメだということが分かったようです。「事件が入りました」とか言いながら、去っていきました。

なぜか。

オレのように、切符を切るまでに1時間も2時間もかかってしまうような面倒な人間はやりすごして、素直な人を捕まえているほうが効率がいいからです。だから警察はオレみたいな人間にぶつかると、判で押したように「事件が入りました」などと言って去っていくのです。白バイなら特にです。パトカーなら2人乗車ですが白バイは1人だからです。ノルマみたいなのがあって、己の出世のためにやっているのです。オレら一般人に対してイジメみたいなことばかりして、何が社会正義や？ということであります。

警察官に聞きました。「アンタ、制限速度40キロをきっちり守るんか？」と聞くと、「当たり前です。今まで1回も制限速度を破ったことはありません」と言うので、「ほんなら阪神高速の50キロの制限速度はどないやねん?」と聞くと、「1キロもオーバーしたことはない」と断言するのです。こんな明らかな嘘を誰が信用するんやという話です。

ある時、こんなことがありました。

オレの知り合いで、身内同然の付き合いをしてくれている人がいます。その人が妊娠して陣痛が起こり、救急車を呼びたいところでしたが、ご主人が運転する車で急いで病院に向かいました。道がすいていたので急いでいたこともあり、40キロの制限速度のところを60キロで走っていたら、パトカーのサイレンが鳴って呼び止められてしまいました。ご主人はおとなしい人なので、こんなふうに警察官にお願いしたそうです。

「家内が陣痛で、今病院に向かってる途中です。パトカーで先導してくれませんか?」

すると「それはムリです。すぐに切符を切りますからネ、待ってくださいネ」と言われ、切符を切られたいいます。もう、こいつらと駐禁のミドリムシは血も涙もないんやろうということです。己の出世のために捕まえられたら、たまったものではありません。

最高裁判所で争う

職務質問や交通違反の例は、まだまだかわいいものです。

一番ひどい目に遭わされた事件をご紹介します。

ある時、町でふとしたいざこざからケンカになりました。相手も元ヤクザです。すぐに警察が来ました。前科照会すると、オレがシャブ中だと分かったのでしょう。「小便出せや」と命令されましたが、「なんで出さなあかんねん」と断りました。オレはトコトンまでごねますから。そしたらその約1時間30分後になってから「傷害の現行犯逮捕するわ」と無茶を言い出したのです。

先ほどのケンカの現場から1時間30分ぐらい経っているのに、小便を出さないからという理由で現行犯逮捕されたことになっているのです。警察は己らの不正を暴かれると保身のためにビックリするようなことを次から次へと思いつきで言うのです。何が社会正義で命がけでやっているのか？　ちゃんちゃらおかしいのです。こいつらはウソの上にウソを言い、そのまた上にウソをつくというウソつき集団です。

この件だけは納得できないので、否認し、最高裁まで争いました。逮捕から2年2カ月かかりました。周りの人間からは「早いこと認めて、早いこと帰ったほうが得やのに、なぜ意地になってこんな大阪拘置所に長いことおるんや？」と皆呆れてましたが、最高裁まで行けばゼッタイ正しい判断が下されるだろうと期待していました。ところが、オレの淡い期待は砕かれ、有罪が確定したのです。

その時の事件に関する新聞記事を載せておきます。

03年(平成15年)10月15日　水曜日　朝日新

取調室から「もしもし」

容疑者、携帯で18回

和泉署

大阪府警和泉署に傷害容疑で現行犯逮捕された無職の男性(40)＝公判中＝が、逮捕直後に取調室などから携帯電話を計18回かけ、家族らと連絡を取ったことが、大阪地裁岸和田支部での公判で明らかになった。通常、逮捕された容疑者自身が外部と電話で連絡することは、証拠隠滅の恐れがあり認められないといい、男性の弁護人は「逮捕の必要性があったのか疑わしい」と指摘している。

男性は昨年12月13日夜、同府和泉市の中古車販売店で店員を殴ってけがをさせたとして、同署員に逮捕された。その後の約1時間半の間に、男性は逮捕現場で2回、連行された同署の取調室で16回、所持していた携帯電話を自分で番号を押して掛けた。相手先は17カ所にのぼった。

公判では、同署員が「証拠隠滅の恐れがない」と判断した。何度も掛けていたが、実際に通話できたのは家族と弁護士の2回だけだった」と証言。男性は、家族に「今日は帰宅できない」、弁護士には「来てほしい」などと話したという。

容疑者が刑事訴訟法などに基づいて弁護人や家族と連絡を取る場合は、警察官が電話するのが普通という。

刑事訴訟規則は、「逃亡や証拠隠滅の恐れがある場合に逮捕の必要性がある」と規定。容疑者の電話使用を禁じた法律はないが、自由に外部と電話で連絡しても証拠隠滅の恐れがない状況なら、「逮捕の必要性がなくなった」と判断される可能性もあるという。

山口県警に暴行容疑で現行犯逮捕された後、携帯電話で通話した男性が「逮捕手続きが不当」と同県に損害賠償を求めた民事訴訟では、徳山簡裁が99年、「（携帯電話使用を認めたことは）いったん身柄の拘束を解いたことになり、そのまま留置するのは違法」との判断を示し、同県に1万円の損害賠償を命じた。判決は控訴審で確定している。

和泉署の酒井正副署長は「公判中の事件のことでコメントできない」としている。

安冨潔・慶応大教授（刑事訴訟法）の話　家族や弁護人への連絡は、現行法を拡大解釈すれば違法とまでは言えないが、それ以外の十数回は正当化できる理由が思いつかない。留置を続けたことが「違法な身柄拘束」と判断される恐れがあるだろう。

オレが大阪刑務所を出所したその日、父が死にました。その四十九日法要が無事に終わってすぐに、この傷害事件とされる罪でパクられたということです。

見て頂いたら分かるように、逮捕したのであれば、その後、関係者と連絡を取ることは絶対に許されません。現場の警察官、さらにオレの身柄を引致した刑事までもがケータイ電話を許すわけがないのです。しかし、オレの場合、警察が逮捕したと言われる後に18回の通話をしており、実際にはもっとしていたので（昔のケータイはケータイに残っている履歴は古い順番に消えていく仕組みになっていた）、刑事訴訟法に基づきNTTドコモに通話記録の開示請求をしたのですが、検察官の圧力でドコモは開示しなかったので、仕方なくケータイに残っていたその通話記録を、証拠として提出したのです。

これが決定打となり無罪を勝ち取れるはずでしたが……。以前にも無罪判決を貰っているので、人生で2回も無罪を貰うのは珍しい話やなと皆が言っていましたが、警察は裁判で信じられない言い訳をしたのです。

オレが提出した通話記録を見た裁判官が、警察官に尋ねました。

「これは逮捕後に通話させた記録でしょう?」

「いえ、着信は許可していません。たまたま着信と同時に通話開始のボタンに指が当たったのではないでしょうか」

そう言って、吉本新喜劇なみのマンガのような言い訳を平気でするのです。結局、裁判官も、そんな行為を不自然ではないと認めるような判決を出してしまいました。

これはかなりのショックでしたね。１００％警察が大嘘を言っているのが分かってててです。罪に対してではなくて、オレに対する個人的な感情と自分の立場を優先した判断だったのでしょう。こんなゴミに無罪判決を出したら、公務員である警察官が何人も処分される。そんな薄っぺらい理由だけで〝吉本新喜劇のような裁判〟は有罪で終了しました。

この事件の弁論のほんの一部を本の一番最後のページに付録として載せておきます。表現言論の自由というのがあるのですが、そういうわけにもいかず弁論の中に出てくるすべての人間の氏名のところだけは黒塗りにしています。オレ個人としてはボンクラウソつき警察官の実名をすべて載せたいところですが、出版社に迷惑がかかるおそれがあるので、「武士の情」と言いたいところですが、武士ではなくゴミなので「ゴミの情け」で名前は伏せといたるからありがたく思えということです。

オレは傷害の容疑で任意同行に応じただけなのに、なんとその場で現行犯逮捕されたことになっていますが、弁論要旨では、逮捕手続に関して警察側に違法行為があったことなどが記されていて、関係者の証言に整合性がないと説明されています。

法律は犯した罪を裁くものとちがいまっか？

犯してもいない罪をもってオレを裁いたのは、オレがゴミ以下の人間であったからでっか？　百歩譲って、この傷害事件をやったことにしよう。しかし、やったとしてもケータイ電話をかけまくり、着信も取って自由に話をしているのであります。

逮捕されていたなら、ケータイみたいなもんは一番先に取り上げられて使用できるわけがありません。これは安倍総理大臣が逮捕されても同じです。ケータイなどを使えるわけが100％ない。「逮捕されていたのか？」「されていなかったのか？」小学校の低学年の子どもが考えても「逮捕はされていないなぁ」と分かる事柄を、警察官が保身のために「現行犯逮捕していました」と苦し紛れの大嘘を言っているだけなのに、判決は「警察官の言っていることは整合性があって不自然ではない」と言うのであります。

裁判の判決というのは、これまでの判例に重きを置いて判決を打ってくるものでありま す。今回のオレのこの事件について、判例を2つも無視して（ケータイ電話の使用と弁解録取の違法）有罪にしたのは、これまで長年続いた刑事裁判ひいては法律を大きく揺るがした悪例と言えるでしょう。逮捕されていても、ケータイ電話かけまくりの着信も取って通話状態になっているのです。着信を取らなければ不在着信となるのです。このようなおかしな前例を作った裁判官は重罪であります。

してもいない傷害事件をでっち上げて罪に落とすというのであるなら、それは法としての自殺というものです。法律が法律でないと言っていることになるのです。罪ではなくて、オレがゴミであるから無罪にはできないというのでしょうか？　疑いをかけられた人間が何者であるかによって無罪有罪が変わってくるのであれば、日本国憲法第3章第14条いわゆる「法の下の平等」はなくなるのであります。そんな法律に重きを置く理由もなくなるのです。

結論としては、理不尽なひどい目に遭わないためにも、ゴミみたいな生き方はするなということであります。

犯罪捜査規範には、このようなことが書かれています。

法令等の厳守、捜査を行うに当たっては警察法、刑事訴訟法、その他の法令及び規則を厳守し、個人の自由及び権利を不当に侵害することのないよう注意しなければならない等々……。

また、検察官の心構えがあるのですが、基本として厳正公平、真相の徹底究明、検察官は公益の代表であるという使命を、オレの事件に関して全うしていないのは100％明らかであります。検察官は可能な限り真相の徹底究明にあたり、努力を尽くし疑惑を後に残さないのが使命であるのに、検察官が一旦起訴したオレの事件を、恥知らずにも手段を選ばず、警察官、検察官にあるまじき卑劣な手段を使って、警察官、検察官の本質を失いたるおごり高ぶり、勝手な振る舞いをオレは一生忘れることはないでしょう。

所詮警察官も検察官も、社会正義ではなくて己の出世のことしか考えていないのです。

話は変わるけど、和歌山のカレー事件の林眞須美さんもやってないと思いますヨ。有罪になった理由は憶測やけど、法廷での態度が悪かったのでしょう。しかし、やってもないことをやったことにされて犯人に仕立て上げられたら、態度も悪くなり、ふてくされるやろうということです。そもそもカレーに毒を入れても何のメリットもないのです。

結局、刑事裁判というのは、心証がものを言うのです。

裁判官は、本当に、検察か容疑者かどちらが正しいかなど分かりません。分かっていてもオレみたいなゴミには不当な判決を打ってくる暗黒裁判です。警察や検察寄りの判決を当然のように出すのです。特に検察は、裁判官と同じ司法試験に合格してきた者同士ですから、仲間意識が強いのでしょう。

強制採尿

何かの容疑で警察に逮捕されたとします。

捕まったら、48時間が1つの区切りとなります。

その時間以内に、容疑者の身柄を検察へ送致しなければならないと、刑事訴訟法によって定められているからです。

たとえば、覚醒剤の場合であれば、48時間以内に「尿を出せ」とかなり強く迫ってきます。普通はその指示に従う人が大半だと思います。しかし、オレはひねくれていますから、絶対に尿を出しません。オレが自発的に応じないと分かると、彼らは奥の手を使います。強制採尿という手段です。

強制採尿とは何か。

尿を採取するために「捜索差押令状」を裁判所から貰い、尿を提出しない被疑者に無理やり提出させることです。病院に連れていかれ、そこで尿道にカテーテルを挿入し、膀胱から尿を抽出されることになります。

警察は小便を出さない人間ならすぐに令状を取ったらいいのに、邪魔くさいという理由で10日間の勾留請求をする時に、ついでに令状を取るパターンが多かったですネ。

ただ、そうなることが分かっているので、オレは留置場の中で水をたくさん飲みました。次に、逆立ちとか腕立て伏せなどをして汗を精一杯かきます。さらに、風呂に入れた時は少しでも発汗を促します。

留置場では大体15分ぐらいがその時間と定められており、5分ぐらい前になると「出る準備をしろ」と言われます。そして次の人を呼びにいくのですが、帰ってきてもオレはまだ風呂に浸かっていました。少しでも長い時間、風呂に浸かって、覚醒剤の成分を体外に排出するためです。そうやって綿密な準備をして、強制採尿に臨みます。

いよいよ、管が性器の先に差し込まれます。

なんとも嫌な感覚です。少し痛いので、できれば避けたいです。管を見ていると、スーッと尿が管を伝ってコップに注ぎ込まれていくのがよく見えます。コップに規定量が注ぎ込まれた時、オレはいつもやることがありました。コップを蹴り飛ばすのです。尿がパッと床に飛び散ります。もう一度最初からやり直しというわけですね。シャブ中の、警察に対してのせめてもの抵抗です。

でも、たとえ尿がコップからこぼれても警察は諦めずに、2時間ぐらい間を置いて2回目の採尿を試みます。次の採尿では、オレが蹴ってくることが分かっていますから、避ける準備もしています。ただし、1回目よりも覚醒剤の成分が薄まっていることは事実なので、それを狙うというわけです。この作戦が功を奏して、シャブを打っていたのにシャブの反応が出ず何度か逃れられました。

ここで警察に忠告と助言をしておきます。実際問題として逮捕されて小便を抜かれたものの、シャブの反応が出なかったことが数回あるわけです。「オレは、犯歴23犯、前科11犯で、刑務所8回という事は、この方法で数回シャブを打ちまくっていたのに48時間（ヨンパチ）の間に、シャブの成分が抜けてシャブでの逮捕は免れたのです。それ故、逮捕した人間に対しては、邪魔くさいからといって10日の拘留請求をする時に一緒に強制採尿の令状を取るのではなくて、「ヨンパチ」の間に強制採尿の令状を取るべきです。

ポン中に逃げ道を教示しているわけではないのです。警察は横着せずに素直に小便を出さない奴には、逮捕したら速攻強制採尿をするべきです。

検察への送致

警察にて48時間が過ぎると、身柄が検察へ送致されます。

検察へ送致されると言っても、身柄はそのまま警察署のままで本格的な取り調べが始まります（政治家の大物や有名人なら拘置所で取り調べとなります）。

起訴されると、裁判所となります。

刑が確定するのに必要な日数は、自白しているような単純な事件ならば、審理と判決言い渡しの計2回であっさりと終了です。ただ、審理の日は、起訴されてから1カ月半ぐらいかかりますし、判決言い渡しはその2週間後くらいとなります。

そやから、実質的には起訴されてから早ければ3カ月ほどで裁判終了となりますが、その間は拘置所に入れられ、そこから裁判所に通うことになります。金のある人間は保釈で出て、裁判所に行くことになります。

計8回服役したオレが、唯一良かったと思ったことがあります。それは、裁判の実務に詳しくなったことです。

たとえば、優秀な弁護士をどう選ぶかということは、一般人の皆さんはあんまり知らないと思います。刑事裁判に詳しいなど、専門知識を持っていることでしょうか。それとも人柄でしょうか。実は、裁判での争点、着眼点はどの弁護士でも大差ありません。

ただし、検察出身の弁護士だけは非常に優秀です。俗にいう「ヤメ検」です。

ヤメ検は、どういうケースでは無罪になるか、有罪になるか「あちら側」の事情をよく知っていますし、司法試験の成績も上位で通過しています。絶対に実刑だという案件でも元検事という横のつながりの人間関係があるので、起訴猶予処分ぐらいまで、平気で持っていく実力があります。起訴するかしないかは検事が決めるからです。

それ以外は、ほとんど変わりません。裁判で有利になりたいばかりに、大金を出して無理に私選弁護人を雇う必要はないでしょう。

ただし、担当の裁判官が判明してからの裏技はあります。

裁判官と同じ名字の弁護士を探すのです。親戚である場合があるからです。法律論をいかに振りかざしても、最後は人情の世界、人間関係の世界なのです。親戚の弁護士がつけば、あいつに無罪を取らしてやって箔をつけてやろうと、判断は甘めになるに決まっています。

結局、裁判というのは裁判官と検察官と弁護士の馴れ合いでやっているわけです。裁判官と同期で勉強した飲み友達の弁護士を入れたらよいに決まっているのです。こんな会話が聞こえてきそうです。

「あの中林のシャブの事件な、本人がオレは知らんと言うとるので、今回はワシの顔に免じて、頼むから無罪にしとってぇ〜な」

「分かった。今回だけな」

それ以外にも、裁判長が熱心なキリスト教の信者としよう。それが分かっていれば「私はイエス様に誓って悪いことはしていません。アーメン」とか真剣に法廷で証言したら無罪にするのです。マンガみたいな話です。信じられないと思いますが、哀しいかな日本の裁判の実体というのはそんなものです。

人間関係とか人情で無罪有罪、刑の重たい軽いが決まるとなれば、この際ソフトバンクのペッパー君に裁判長になってもらうしかないのであります。なぜかと言うと、司法の独立といって同じ事件でもこの裁判官は無罪にしたのに、こっちの裁判官は有罪にするという大きな矛盾が出てくるからです。

拘置所での生活

警察に逮捕され検察への送致から裁判まで、容疑者はどうなるかというと、留置所、拘置所での生活が2〜3カ月にわたり続いてしまいます。否認事件なら2年かかることもあります。

ここで皆さんに質問があります。

この間、容疑者にとって一番大切なもの、それは何だと思いますか？

着替えを身内に持ってきてもらうことでしょうか。手紙など外部との連絡手段を確保することでしょうか。それとも優秀な弁護士さんを見つけることでしょうか。違います。

現金です。

お金が大切なのは、娑婆でも塀の中でも同じです。

パンツやシャツなどの肌着がなければ購入する必要がありますが、官物でよければ拘置所が貸してくれます。手紙を外部に出そうにも、郵便切手の代金は必要です。

ちなみに、購入できる物品は拘置所が指定している品物に限られますが、パジャマ・下着などの衣類、ボールペン・ノートなどの文具類、缶詰・お菓子・パン・ジュースなどの食品類があります。あと、拘置所によって異なりますが、外の弁当を注文することが可能です。

もうお分かりですね。

拘置所の中では基本的に何もできないため、拘置所に繋がれている女の人と文通をするか、本をむさぼり読むか買い物して食べることぐらいしか楽しみがないのです。だから、買い物ができないとかなりストレスを感じます。

では、買い物をするための現金はどうするか。

逮捕された時の所持金は拘置所の会計で保管（領置金という）されており、これを節約しながら使っていくという方法と、親族などに差し入れてもらう方法の２種類がありますが、オレの場合は後者でした。

差し入れがあった場合、看守から同部屋の全員に発表があります。

「佐藤５万円、田中３万円、高橋１万円」

まるで、試験の成績発表をする学校の先生のようです。

オレの順番が回ってきました。

「中林、お母ちゃんから３００円」

「えっ」

これは、周りの人たち全員に聞かれています（皆、目が笑っています）。一瞬にして体中が熱くなり、恥ずかしかったです。何を買えというのだろう。手紙を数回出したら、切手代でおしまいです。

ちなみに、現在では個人情報保護の観点から差し入れ人の名前を書いた紙を本人に見せて「この人からこれだけのお金が入ってきた」と知らせる方法に変更されています。

さらに、これ以上に困る、母の振る舞いがありました。

母は警察に対して「和男を一生刑務所に入れておいてください」と言うのです。これがなぜ分かったかというと、その時の事件の関係者のすべての調書は、弁護士に頼んで請求すればあげて見れるからです。

肉親とはいえ、これには相当参りましたが、言うほうも言うほうやし、調書に書くほうも書くほうです。どっちみち刑事が「和男が娑婆におったらシャブ打ってるし、何をするかも分かれへんから、お母さんも会いたくないねえ」と聞いて、母が「ハイ」と言ったことが、「和男を一生刑務所に入れてください」に作文されとるのでしょう。きっと「調書に取ったお母さんからの言葉は、絶対和男には分からないから」と言っているのです。それをオレがその調書をあげて持っているので、母はビックリしていましたし、「警察にだまされた」と言っていました。

でも、オレには母親を責められない理由がありました。

大阪刑務所と岸和田拘置支所に収監された時のことです。オレと兄の両方が、同時収監されてしまいました。オレとの面会が終わった母に、看守が次のように言いました。

「次はお兄ちゃん、連れてきますから」と。

母からすれば、笑い事では済まなかったでしょう。

親不孝ここに極まれり、です。

拘置所内で現金を得る方法（その１）

拘置所内で現金を得るには、他人に差し入れてもらうしか方法がありません。

そこで、大昔、学校が嫌いなオレの、唯一の理解者であった松浦正明先生という小学校の担任に「お金貸してもらえませんか」と頼みました。日用品を買うお金もないからと、オレが通っていた和泉市立鶴山台南小学校あてに手紙を書きました。オレが確か33歳か34歳の頃だったので、22年ほど前に小学校６年生の時のオレの担任の松浦正明先生の現在勤めている学校に転送してくださいと書いて手紙を送ると、嘘みたいな話ですが松浦先生の手元に届いたのです。

「最初は誰かのイタズラかなと思いましたが、今は寒いのであったかいコーヒーでも飲んでください」と、優しい松浦先生は一回目は快く貸してくれましたが、この時の事件の懲役を務めてすぐにパクられて、再び頼むとさすがに断られました。そこでオレはヤミ金の電話番号を書いて、「ここに電話して借りてください」と言いました。先生は呆れ果てたのでしょう。先生からはその後、返事は貰えませんでした。当時のオレは本当にどうしようもない地球上で一番のゴミ人間でした。

（ちなみに、今では松浦先生にお金を返しに行き、寛大な心で許してくださり、色々と相談にも乗ってもらい、アドバイスを頂いています）

知り合いから借りられなくなったオレは、悪い頭で一生懸命お金を得る方法を考えました。

そしてまず、ラジオ番組に手紙を出し、自分の身の上話とともに曲をリクエストしてみました。パーソナリティに読み上げてもらえたら、謝礼に1万円が貰えるからです。放送局に手紙を出して1週間ほど経った頃、「人それぞれにドラマあり。今週もお二人の方々の思い出のお話とお好きな唄を聴いてもらいましょう。まず最初のお便りは、住所、お名前は伏せてお読み申し上げます」との前置きをした上で、オレの手紙を読んでくれた人がいます。

関西のパーソナリティーの重鎮、浜村淳さんです。

（※ＭＢＳ〈毎日放送〉ラジオの『ありがとう浜村淳です』土曜日午前11時の「私の好きな歌」のコーナーです）

これには感激しました。

その後、２～３週間ほどして1万円が届きました。

この1万円がいかに尊いものか。拘置所にいたら誰でも実感できます。日用品を買い揃えることができ、お金の有り難さを実感しました。ちなみに今は現金の謝礼ではなく、クオカードになったようです。クオカードは拘置所では使えません。

この話には後日談があります。

1回目の手紙以降は、こちらもネタがありませんから、他人の人生の苦しかったことや哀しかったことなどを聞いて書いて出したのです。出した手紙のほとんど全部が採用されました。刑務所で出した分を合わせれば、合計10回ぐらいに達しています。

自分が書いて出した手紙がラジオから流れる……これには本当に感激しました。発信者の名前と話のストーリーが違うと、浜村節で読んでくれました。

浜村淳さん、本当にありがとう、です。

拘置所内で現金を得る方法（その2）

拘置所から手紙を出す時、本名を使用する必要はありません。「通称名使用願」という願箋を担当官に提出すると、本名と違う通称名など、自分が好きな名前で手紙を出すことができるのです。

「私は本名・當眞美喜男といいますが、通称は羽賀研二といいます。羽賀研二で手紙を出させてください」とか、

「私は本名・中林和男といいますが、社会では矢沢永吉郎という名前で生活していますので矢沢永吉郎で手紙を出させてください」

のように、願い出るわけです。通称名を3つも4つも使用する人もいました。この制度を利用して、オレはとんでもないことを考えつきました。

全国のヤクザの親分に、片っ端から手紙を書いて投函したのです。

ヤクザの親分の住所って、どうやって調べるのか。疑問に思われるかもしれません。方法は簡単です。

雑誌の『月刊実話時代』などを見ると、○○県○○市ぐらいまでは判明します。あとは「○○県○○市××組本部△△組長様」で届くからです。郵便局というのは親切やね。

手紙の内容はというと、「親分に憧れ、渡世を歩んできましたが、刀折れ矢尽き、夢破れて八方塞がりとなりました。今、拘置所にいて日用品も買えません。いくばくかの金を投げて下さいませんでしょうか」という単純なものです。

すると、どうなるか。

ある日突然、現金書留で10万円ほどが、届くのです。

「日用品も買う金がなければさぞ不憫であろう……」と一筆添えて、お金を送金してくれるのです。一面識のないこのゴミに対してです。これには本当に驚きました。

ヤクザの親分衆は〝任侠〟という看板を背負って生きておられるので、見返りを求めず弱い者、困っている者を見たら放っておけない人情のある方も多く、本当に数人の親分衆には足を向けて寝られません。

お金を送って頂いて大変有り難かったのですが、さすがにオレも色々と考えて自責の念にかられました。そうして借りたお金を郵送してお返ししようとしたのですが、「貸した記憶がない」と送り返してくれるのです。つまり、ワシはヤクザしててお前にやった金やからお前の金やと、受け取ってくれない方ばかりでした。

ちなみに、オレの親分・松本英俊は、10人ぐらいの若いもんを引き連れ、北新地で一晩に３軒ほど飲み歩く人でした。「座ったら５万円」の店ですから、10人が入ったら50万円、それが３軒で１５０万円です。なんとも豪快な人でしたが、70歳の時にガンが原因でお亡くなりになりました。こういう人が全国にたくさんいると考えた末の作戦だったのです。

ただ、困ったことが起こりました。

オレの方法を知った同室の人間が焼きもちを焼いて「オレもオレも」と皆が始めてしまいました。パクられて拘置所に入っている人間は、ほとんど金がないのです。だから、この方法は今では通用しなくなったでしょう。

話を戻します。拘置所での生活は、いつまでか。

拘置所によって異なりますが、それは、判決後３週間から２カ月ぐらいまでが普通です。どこの刑務所に入ることになるのか、決まるまでの時間です。

大阪府には大阪、堺、岸和田の３つの拘置所があります。どこの拘置所にいるかによって、どの刑務所に割り振られるかは、おおよその傾向があります。堺拘置支所や岸和田拘置支所は、ほとんどが大阪刑務所です。大阪拘置所は、京都刑務所・神戸刑務所・大阪刑務所の3つのうちどれかとなりますが、遠方の刑務所に飛ばされる人もいます。

刑期の長短、初犯か再犯か、微罪か重大犯罪かなどの要素が考慮され、適当な刑務所が選ばれ、その刑務所で服役することになります。

そして刑が確定すると、拘置所から刑務所へと身柄を移されます。

刑務所での知られざる規則

刑務所での生活は、毎日変化がありません。

起床、朝食、作業開始、昼食、作業終了、夕食、多少の自由時間……。延々、この繰り返しです。

以前、『塀の中の懲りない面々』という本がありました。最近では刑務所の中を描いた小説、映画、ドラマなども多くなり、一般人でも大体の様子を把握することはできますが、少し首をかしげるような記述も見受けられます。実際に入所した感想としては、やはり少し違うのです。

何が違うか。

刑務官は意地汚く、いやらしいということです。

彼らは刑務所内の規則に詳しく、その規則を逆手にとって、受刑者をいじめる材料にするわけです。

昔、戸塚ヨットスクールとかいうスパルタ教育が売りの施設があったのをご存知であろうか？　刑務官と受刑者は、戸塚ヨットスクールの先生と生徒みたいな関係で無理難題な、例えは悪いが「因縁」に近いことを天井から偉そうに言われたとしても決して逆らうことはできないのです。つまり思いっきり上から物を言うてくるのです。それに対して、こちらがペコペコしなければ納得しないのです。

たとえば、次のような行為は規則で禁じられています。

飯や物品のやり取り

不正洗髪（頭がかゆいからと水道で頭を洗う）

不正交談（おしゃべり）

不正持ち出し

抗弁（刑務官への口答え）

喧嘩

刑務官への暴行
わき見（作業中などのよそ見）
粗暴な言辞（言葉遣いが良くない）
不正製作
自傷行為
器物破損
作業拒否
無断離席（作業中、ネジを落としてネジが転がっていっても勝手に拾いにいくとアウトです。いちいち手を上げて「離席します」と言わないといけません）

その他、実にしょ〜もない規則がたくさんあります。

ある時、食事のデザートに出たコーヒーゼリーを貰った受刑者がいました。普通の刑務官はすぐに「コラ〜」と怒るのですが、性根のひねくれた刑務官は本当にイジワルなのです。受刑者がコーヒーゼリーのビニールのフタを外してミルクをコーヒーゼリーにかけて、スプーンですくって口に持っていく瞬間に「コラ〜ッ」と言うのです。

また、昼飯時、サンマ一匹貰った人がいました。神経質な人でサンマの骨をきれいに丁寧に取って、醤油かけて箸で身をつまんで、さあ〜口に入れようとしたその時に「こぅお

～らぁ～」と怒るのです。サンマを貰った瞬間に怒ったらええやないか。イジワルにも程があります。

このように「コーヒーゼリー好きやろう、サンマ好きやろう、やるわ」とかの親切心が懲罰房行きとなります。食べないのであれば残飯で出さなければなりません。

そこには絶対的な上下関係が存在します。だから、でしょう。受刑者は刑務官のことを「オヤジ」と呼ぶのです。

昔は、刑務官に良くしてもらいたい人は、奥の手を使いました。娑婆の刑務官の住所を調べて、お歳暮やお中元などの付け届けをしたり、スナックやキャバレーで自由に飲み食いさせたりする人も中にはいたそうです。ヤクザの親分などがよくやる手です（今はマスコミなどの目が厳しく、難しいのが現状です）。

受刑者が刑務官に勝てない理由

このように、刑務所内では、たとえ受刑者が正しくとも反論できない仕組みが出来上がっており、受刑者は刑務官に絶対に勝てません。

実は、勝てない理由は、もう１つあります。

それは受刑者からのチンコロ（密告）です。

受刑者の多くは、一部を除き腐っています。ゴミです。本当です。何の向上心もありませんし、ただ毎日ボーッと過ごすだけです。自分が犯した罪に対して、これっぽっちも反省していませんし、同部屋の受刑者たちと「出所したらすぐにシャブを仕入れて待っているから」とか相談をしています。そして「佐藤は内緒で○○をしていますよ」と、チンコロをして点数稼ぎをするのです。

刑務官としても、受刑者のチンコロ合戦は受刑者の様子がよく把握できるので大歓迎です。チンコロされた佐藤は、なんとなく出中がやったと分かっているから、腹いせに「田中は○○をやっています」と逆チンコロをやり返します。お互いがお互いの立場を悪くしていくわけですから、刑務官は喜びます。内心では「人のことをチンコロして、こいつカスやな」と思っているでしょうが。

ただし、です。

よく考えてみてください。

受刑者同士はチンコロし合って、お互いを貶めていきますが、刑務官同士はたとえ仲が悪くても受刑者にその情報は一切漏らしませんし、結託しています。そこが公務員と我々ゴミの大きな違いです。そんなことをすれば自分たちに不利になることが分かっているからです。

これが、受刑者が刑務官に絶対に勝てない理由です。

最後に、１つだけ余談です。刑務官の必殺技、それは非常ベルです。ケンカや抗弁など、担当だけで対処しきれないと思ったら、すぐに押します。押されたら最後、全職員と思われるぐらいの人数が、一斉にどどっと駆けつけてきます。警備隊も来ます。傍で見ていて、壮観なぐらいです。

ほんまか嘘かは分かりませんが、一番に駆けつけると刑務所の中の食堂の無料券が３枚貰えると聞いたことがあります。そやから刑務官は必死でオリンピックの１００メートルのカール・ルイスやウサイン・ボルトみたいにして全速力で走ってくるんやなと納得しています。

無駄な作業

これで、受刑者が刑務官に逆らえない理由がお分かり頂けたかと思います。だから「それは無駄だろ」と思えることも、逆らえません。

懲役の工場作業は、政府からのものと、民間からのものに分けられます。政府からのものには、警察や自衛隊の制服制作などがありますが、それだけでは足りません。民間からの依頼が必要です。

オレが入所していた大半の時期は、バブルがはじけ不景気でした。だから民間から委託される作業が極端に少なかったわけです。仕事がなくても、受刑者に仕事をさせる必要があるのです。

たとえば、洗濯バサミを作らせます。何日か経って作業が完了すると、その出来上がった大量の洗濯バサミを違う受刑者に持って行き、「不良品がたくさん出たので、この洗濯バサミをバラバラにしろ」と指示をします。そして、バラバラにした洗濯バサミをまた違う受刑者に持って行き、洗濯バサミを作らせるのです。つまりスコップで穴を掘れと言って、違う奴に穴を埋めろというような作業をさせるのです。百歩譲って、それを分からないでするならいいのですが、それを分かっててマンガみたいな仕事をさすなやということです。

いくら受刑者がアホでも、それが無駄な作業だということは一目で分かります。

懲役には仕事を強制的にさせる必要があるとはいえ、そんな作業をさすのはおかしいですやろ、ということです。

逆らうと、抗弁が成立、懲罰となります。

横柄な健康診断

理不尽なものは他にもあります。

刑務所には矯正医官という専門の医者がいます。もちろん公務員です。こいつらの使命は、受刑者の健康状態を把握し、病気やケガの時に適切な医療行為を行うことです。ただ、法律上はそうなっていますが、これらがこの使命をまっとうしてくれたと感じたことはほとんどありません。

入所時の健康診断でのことです。

まず、刑務官から注意があります。

「今日は入所時の健康診断がある。だが、お前たちの口や身体は臭い。だからシャツを胸まで上げて、顔は横を向けて息をするな。先生に息がかかると失礼だ。ついこないだも、医務課長の顔に息がかかっただけで非常ベルを押されて保護房に入った奴がおるから、気を付けるようにな！　もしそんなことになったら、ワシが怒られるんや」

「大阪刑務所で一番気を付けなくてはならないのが、ワシら職員もお前ら懲役も医務課長に嫌われないことや。ここの医務課長は所長より偉いんや、ええな！」

先生が来るまで、５人ずつぐらいで３列ほどに並び、じっとします。

先生は横柄な感じでやってきます。すると、ひと言でいうと、この医者のボディガード役として周りにいるすべての刑務官は直立不動の姿勢になって、その死にぞこないの医務課長に対して「異常ありません」と気合の入った大きな声で言って、敬礼をするのです。医務課長は「ごくろうさん」とか言いながら1人ずつに聴診器を当てていくのですが、その時間たるや1人0・5秒ほど。おまけに聴診器が耳の穴にかかっていません（信用できないと思いますが、100％本当です）。

周りの刑務官は、それが当たり前のように何も言いません。

国家公務員という使命感と正義感からでしょう、その医務課長に逆らって北海道の旭川刑務所まで飛ばされた刑務官もいたらしく、皆見て見ぬふりです。不利益を被るからです。

「はい。はい。はい。OK」

15人ほどの受刑者全員が、10秒ほどで終了しました。

さすがに今では同様の行為はないと思いますが、もう少し真面目に仕事をしてもらいたいものです。

これが昭和63年頃までの大阪刑務所の実体であり、服役した者であれば皆知っていることであり、大阪刑務所名物とも言える有名な医務課長の逸話です。

伝え聞く話では、今でも心ない刑務官がいるようです。刑務官に嫌われると個人的に嫌がらせをしてくるのです。

医務の診察がある時、「歯が痛いです」と言う人がいたら、こう言うのだそうです。

「なんで歯が痛いんや。おー。お前がシャブ打ちまくって気持ちええこといっぱいしたから虫歯になったんとちがうんかい。シャブ打ちまくって女と気持ちええことばっかりしやがって、コラァ～。自業自得やろがい。歯痛で死んだ人間は見たことないわ。辛抱しとけや」

獄中では、公務員の刑務官がタチの悪いドチンピラのような振る舞いを受刑者にするのです。

また、嫌がらせも度が過ぎる奴がいます。ある日、突然部屋のドアが開きました。

「おう、お前。こないだエイズ検査受けたな。番号と氏名を言え」と言うので、

「○×番、中林和男」と答えると、

「おう、中林和男やな。気を落とさんと、気をしっかり持って聞けよ。1回深呼吸せえ。残念やけどな、実はな、エイズ検査の結果やけどな……」

「ワシ、エイズでっか？？？」

「イヤ、大丈夫ということや」

この精神的よごれのこんな刑務官、クビにせなあかんやろうということです。言うていい冗談と、言うたらアカン冗談があるのです。オレは覚醒剤でショック死しかけた以外に、この時もそれに近い状態になったて言いまんネン。

このように、獄中は刑務官が絶対です。

ですからタチの悪い奴に目をつけられたら、歯痛の薬さえ貰えない気の毒な人もいるの

であります。

懲罰審査会の開催

刑務所内の規則に違反しても、いきなり懲罰にはなりません。

まずは調査棟に連行され、聞き取り後、独居房で隔離されます。懲罰審査会は刑務所によって多少の違いがありますが、オレの経験では毎週決まった曜日に行われることが多かったです。

その曜日まで待たされると、いよいよ審査会が始まります。一応、形の上では、こちらの言い分を聞いてくれるというわけですね。

部屋に通されると、担当が大きな気合の入った怒鳴るような感じの声で「キョーツケイ」「レーイ」「ナオレ」と号令をかけてきます。次に「番号、氏名」と言うので、「○×番、中林和男」と言わされます。処遇部長をはじめ幹部のお偉方一同が座っております。もちろん、オレは立たされたままです。聞き取り調査の内容が読み上げられると、尋問が始まります。こいつらはヘビみたいな冷たい目でオレを見て、心ない言葉を投げつけてきます。尋問には、大きな声でハキハキと答えねばなりません。

懲罰が決定すると、懲罰房へ行かされます。

日数は最短５日、最長60日の間で決まります。その間、テレビは見られませんし、ラジオも聴けません。前を向いて一日中、座禅のような姿勢でただ座っているだけです。懲罰中、刑務官の口から「しっかり座れよ」しか言葉はないです。

座っているだけなら楽だろう。そう思うのは間違いです。

姿勢が崩れると、刑務官が怒ります。オレの場合、60日間座り、３週間ほどあけて、また60日と続いたことが何度かありました。刑務所の中の懲罰の最高刑が懲罰60日です。風呂は10日に１回しか入れません。その間、懲役作業がないので、報奨金を稼ぐことができません。出所した時、お金がなくなりますから、懲罰をくらうと、自分で自分の首を絞めることになるのです。

そやから、受刑者のほとんどは、懲罰房はつらい、行きたくないと言います。

けれどオレは変人ですから、違いました。

受刑者仲間からゴミと呼ばれますし、言い争いやケンカばかりしていましたから、懲罰房で１人になるほうがよっぽどマシだという考え方です。それでも、じっとして座っていると、違う部屋の奴らから無差別的に声が聞こえてくることがありました。

「中林のこじき〜、ゴミ〜、よごれ〜」

など、あちこちの部屋の窓から反目の受刑者たちが、こちらに向かって悪口を叫んでいるのです。弱い犬ほどよく吠えるとはこのことです。とにかく、どこに行っても敵ばかりでした。

ただそういったことは聞き流し、色々なことを反省していたことは確かです。

ヤクザ同士の抗争で、18年とか20年間の服役……そういう受刑者も何人かいました。語弊はあるかもしれませんが、懲役囚の世界では、これはカッコええですな。組織のために身体を張るのやから。自分を捨て石にして、人のために尽くしているのやから。その人たちと比べてオレは、45歳までにシャブで20年というのは、どうも格好がつきません。

知人の中には「苦労したな」と優しい言葉をかけてくれる人もいます。でも、オレには苦労したという実感はありません。その時々、刹那的な生き方を選択して、楽なほう、楽なほうへと流れてきただけで、どう考えても自業自得です。

そんなふうに色々なことを考えて、反省できるのは懲罰房のメリットです。

20歳から22歳と、25歳から45歳までの入所していた間は、娑婆で正月を迎えたことはありませんでした。だから初詣も行けません。けれど、正月は懲罰の執行停止といって、一時的に懲罰が解除されます。テレビ視聴は許されませんが、ラジオを聴きながら、刑務所とはいえ年越しそばや、紅白まんじゅうや結構豪華なおせちと食べきれないほどのお菓子を食べて、正月気分を味わうことができました。国民の税金でこんなぜいたくな物を食べさせてもらい、本当に感謝しています。

刑務所の慰問

オレの刑務所生活で、思い出深い慰問が2回あります。懲罰の多かったオレは慰問を見た記憶があまりありません。といいますのも、懲罰中や独居房拘禁者は慰問は見れないからです。

オレがまだ29歳のことです。慰問というのは、その刑務所に大物のヤクザの親分が服役していると、そこの組織が裏で手を回して「うちの親分に少しでも楽しんでもらおう」と、歌手や芸人を慰問という正式なやり方で回してくれるのです。その時は工場の成績が良くて（工場成績というのがあって、上位になると慰問などの時に前の席で見られるのです）、玉川良一さんと銀幕のスーパースター松方弘樹さんの子供を産んだ千葉マリアさんや、その他、いろいろな芸能人が見れました。

玉川良一さんのコントも最高に面白かったのですが、千葉さんの歌とお話に心を打たれました。千葉さんのサービス精神だったのでしょうか、色っぽい服装で歌ってくださいました。そして香水のニオイがオレの方まで流れてきて、何とも言えない気分になりました。

刑務所の中にいる受刑者は女っ気がなく、女性を見ることはないので、千葉さんの姿に皆クギづけでした。千葉さんの歌が終わると、なんとすぐ近くのイスに座っているオレに声を掛けてくれたのです。

「アナタまだ若いわねぇ〜。お母さん心配してるでしょ？　今回の服役を終えたらゼーッタイお母さんを大切にしてあげてネ」と大阪刑務所で服役している受刑者のなかでは若いオレに優しく声を掛けてくださったのです。

恐らくですが、千葉さんも60代や70代のオッサンやジィさんに説教する気はなかったのでしょう。オレは返事は返せないので、軽くうなずく程度でした。

聞くところによると千葉さんも、その息子さんも、オレの嫌いな薬物依存症のダルクを立ち上げているらしいのです。他のダルクは叩き潰さんかいと思うとりますが、一方で千葉マリアさんのダルクだけは頑張って欲しいと思うのが人情というもんでしょう。


もう一つの思い出は、当時、九州のドンとも言われていた二代目工藤連合草野一家溝下秀男総長が大阪刑務所32工場で服役されていたのです。ヤクザの大物親分ともなると地元の刑務所とかには入れることはできないので、地元より遠く離れた刑務所に送るのが法務省のやり方です。

その時のことを少しだけ書きます。

慰問に来てくださった一番の看板歌手Mさんが、「皆さん、おはようございます」と深々と頭を下げてくださいました。

「エー、昨日は北九州の小倉（総長の本部事務所がある）というところに行ってきまして、た～くさんおいしいものを頂き、た～くさんのいい思い出を作らせて頂きました」

ここでまた深々と頭を下げはりました。さらにこう言いました。

「九州の中でも一番と言われる人情の街、小倉にお邪魔したことは、ワタクシたち一同、皆一生忘れることはないでしょう」

つまり、「総長、昨日は小倉でたくさんおいしいものを食べさせて頂き、お世話になりました。総長、お身体に留意されて一日も早い出所を祈ってますネ」と遠回しに言っているのです。

そしてビックリしたのが、一番最後に慰問に来てくださった全員が出てきてくれた時のことです。マネージャーに扮して来てくれていた、先般ヤクザ史上初、トップの死刑判決を言い渡された、二代目工藤連合草野一家・野村悟若頭がこちらに頭を下げているのです。後日聞いた話によると、溝下総長が野村親分のことを、「あれがうちのカシラたい」とおっしゃっていたと言います。

刑務所の慰問でもあの手この手のやり方があるんやなぁ～と、皆感心していました。

刑務所に服役していても、そこの刑務所に大物親分が服役していたら、大物歌手とかの慰問を見れるということであります。

優しい刑務官との出会い

60日の懲罰を無事座りきり、懲罰房を出た時のことです。

「おかえり」

そう言って、独居房の刑務官は迎えてくれました。

独居房の刑務官と、懲罰房の刑務官は担当者が異なります。

刑務官の中には、ワザと周りの受刑者に聞こえるような大きな声で「いじめられっこの中林君」「チンコロしいの中林君」とバカにしてくる奴もいれば、「おかえり」と優しい言葉をかけてくれる刑務官もいるのです。今まで生きてきていじめられたり、チンコロしたことは一度もないのですが……。

どこの世界でも竹を割ったような性格の人、陰険でネチネチといやらしい性格の人がいます。

獄中20年、8回も服役したオレがなぜ立ち直ったのか。

不思議に思う人がいるでしょう。

実は、最後の刑務官に素晴らしい御仁がお二人いたのです。

そのお二人は浪花節のような人でした。

人情味のある人でした。

法律に触れてまでオレに優しくしてくれたわけではありませんが、監獄法で定められているギリギリの線で優遇してくれました。

このご恩は一生忘れません。

たとえば、普通の刑務官は、こちらが意見を述べるとそれを絶対に受け入れないし、嫌がらせに反対のことを平気でさせたりします。

でもそのお二人は、オレの意見を受け入れてくれました。

色々と本当に面倒を見て頂いたわけですが、その中で１つだけ書いておきます。刑務所というところは、本当に恐ろしいところです。オレは当時、何もかも忘れたいとの理由で睡眠薬と安定剤を大量に服用していました。嫌味な刑務官は「そんなけ大量の睡眠薬を飲んだら、ハラ一杯になってメシ食わんでもええやろ」と大きな声で言います。オレも考える力ぐらいはあるので、「こんなクスリ大量に飲んでいたら、百害あって一利なしやな」と思ったので、その日から減らしていく決意をしたのです。娑婆ならほめてもらえるでしょうが、刑務所は違います。医務から出てるクスリは全部飲めと強制するのです。

「減らしていく方向で考えているので、今日は半分だけ飲みますワ」と言うと、「全部飲め」の一点張りです。それでもオレは睡眠薬を半分しか飲まなかったのですが、次の日の寝る時「クスリ持ってきてくださいー」と言うと、「お前、昨日半分しか飲めへんかったやろ。そやから医者が怒って全部クスリ引き上げられとるで」と言うのです。刑務所にいる人間全員がそんなことをしたら刑務官が邪魔くさいから、飲むなら飲む、飲まないなら飲まないとハッキリせいと訳の分からないことを言うのです。

「オレは睡眠薬減らすんや。アンタら指導する立場の人間が睡眠薬減らしたらあかんて、どういうことや」

と言ってもらちがあきません。そこで、優しくしてくれたその恩人の刑務官に相談したら、「中林が睡眠薬減らしたい言うとるから、協力したってくれ」と頼んでくれて、睡眠薬を少しずつ減らすことができたのです。他の受刑者には100％そんな面倒なことはしてくれないです。オレらとしては体の調子もあるので自分でクスリのコントロールをしたいのですが、担当が薬を保管しているので一人ひとりにそんな邪魔くさいことはしないのです。受刑者全員がそんなことを言ってきたら、刑務所が成り立たないのです。

その日の気分で半分しか飲まないと、次の日クスリ全部引き上げられます。それが刑務所というところなのです。色々と世話になりましたが、恩人お二人のおかげでオレは睡眠薬も少しずつ減らすことができました。睡眠薬を減らすことによって少しずつ思考能力も回復してきました。

だから「娑婆に出て、また再び舞い戻ったら、この人たちを裏切ることになる。それだけはできない」と決心したのです。

お二人は、オレの心の中に〝更生〟という種火をつけてくれたのです。

警察と刑務官の90％は皆殺しにしてしまいたいほどええ加減な、憎たらしい奴が多いけど、残りの10％はなんとも言えん情け深い方もいるのは間違いないです。

亡き父の墓前で

ちょうどその頃、刑務所の中で読書を心がけていました。

テレビを見るのとは違い、本を読むと心が落ち着きます。また、自分の思考能力が高まります。

一体オレは40代の半ばになるまで、何をしてきたんやろうか。

今オレが存在するのは、お父ちゃん、お母ちゃんのおかげやろ。

反省して立ち直るべきではないんかい。

不思議なことに、思考回路が高まると、これまで聞こえてこなかった〝心の声〟が聞こえてくるようになりました。

獄の長夜に己が過去を振り返ってみると、オレの生き方、考え方が大間違いであったことに気付きました。こんなオレを喜ぶべきか、当然のことと受け止めるべきか、今後二度とこんなつまらん刑務所に来るのはやめようと心に誓ったのでした。オレが45歳の時でした。

今度こそ立ち直ったるぞ。

この鉄のごとく固い信念を持ち続けて生活しました。

早く出所したい、今度こそ更生するぞ。

毎日そのことばかりを考えるようになりました。

来る日も来る日も、更生するんやと誓い続けました。

そして平成20年5月15日、待ちに待った出所の日が来ました。この日は日本晴れで一点の曇りもないいい天気でした。

出所後、シャブを買いに西成に――

は行きませんでした。

代わりに、行った場所があります。

それは父の眠る先祖の墓でした。

お父ちゃん、そしてご先祖様。今まで心配かけて、ごめんな。

もうこれが最後の務めや。もう刑務所には絶対戻らへん。

シャブなんか身体壊すだけや。きっぱりやめる。


墓の下に眠る父、ご先祖様と、無言で会話をし続けました。

８回もの服役、20年の獄中暮らし、オレは一体何をしていたのだろう。

長いようでもあり、短いようでもある。

もう己のすべての欲は捨てよう。

自分勝手な発想はやめよう。

そして、これからは世の中の役に立つことをしよう。

そうや、オレが小さい頃、メシやお菓子などを腹一杯食べたことがあまりなかったので、子どもたちにそういう施しをしたい。

公園で遊んでいる元気いっぱいの小さな子どもたちや、不幸にして施設に預けられている子どもたちは心が真っ白や。

これからは子どもたちに好かれるオッサンになろう。

具体的には、ポップコーンなどの機械を公園や施設に持っていって、ポップコーンなどを作って、恵まれない子どもたちに腹一杯お菓子を配るというのは、どうだろうか。

あしながおじさんのように、子どもたちに幸せを運ぶオッサンになりたい。

もちろんお金などは貰わず、見返りも求めない。
子どもたちの笑顔が増えれば、世の中全体が幸せになるかもしれない。
今まで悪事ばかりに身を染めた人生や。
今はすごいマイナスや。
真面目に働くカタギの人のように、プラスになるまでは望まない。
でもオレの人生や、せめてプラスマイナスゼロにして、心を軽くして死んでいきたい。
天国か地獄か知らんけど、どっちかにおるオレのお父ちゃんよ。力を貸してくれ……。

気が付くと、頬に大粒の涙がつたっていました。
その涙は、いくつもの筋を作っていました。
これまでにも、泣いたことは何度もあります。
しかし、心底反省し、そのことで、自然と流れ出た涙は初めての経験でした。
覚醒剤の気持ち良さより「更生するぞ」という魂がまさった瞬間でした。
そしてオレは「絶対に更生してみせたるぞ」と、天地神明に誓ったのでした。

第４章　女房との出会いで人生が変わる

仕事が見つからない

出所後、真面目に働こうと仕事を探しました。

もちろん職を選ぶ余裕はありませんから、片っ端から色々な会社の面接を受けました。しかし、オレの手の指は５本揃っていませんし、刺青もあります。

すると「あなたのやる気は分かりますが……」と一定の理解は示してくれるものの、なかなか本採用には至らないのです。

いくつかの仕事をやってはみました。解体屋で仕事をしましたが、オレはこれまで刑務所以外であんまり仕事をしたことがないのです。仕事中に「オッチャン、メガネ持ってきて」と言われたので、物置小屋みたいな所に溶接に使うメガネみたいなのがあったので、それを持っていくと、「オッサン、なめとんのかぁ？　メガネじゃコラ」と言うので、オレも「これメガネやろがい？」と口論して解体屋を３日で辞めたのですが、あとで知り合いにメガネの意味を聞くと、ネジをしめる道具のことをメガネというらしいのです。

結局、ぴったりくる仕事は見つかりませんでした。身から出た錆とはいえ、悲しかったです。仕事が見つからないと、おまんまの食い上げで、人間は飢え死にします。仕方がないので、役所に行って生活保護の申請を試みました。

その窓口でのことです。

「すいません。職が見つからないのです」

「はあ。でも、あなた健康でしょ」

「オレは昔ヤクザやったからな。そやからどこも雇ってくれへんのですわ」

「とにかく、もうちょっと努力なさってはどうですか」

と言われたので、オレは伝家の宝刀を抜いたのです。

「履歴書にウソを書いて、求職活動をしろということでっか」

「……」

窓口の人はウーンとなっていました。

これには、窓口の人も反論する術がなかったようです。

多少のごたごたはありましたが、しばらくして生活保護の申請が通りました。

生活保護は、国が認めた弱者のための救済制度です。最後のセーフティーネットです。

ずっとお世話になるつもりはありませんでしたが、とりあえず最低限の生活の保障ができただけで、少し気分が落ち着きました。

45歳のうだるような暑い夏の時でした。

C型肝炎の治療

生活保護申請と同時に、オレにはやるべきことが残っていました。

C型肝炎の治療です。肝臓の数値が1000ぐらいに上がっていたのです。

C型肝炎は、無症状の人を含めると200万人の潜在患者がおり、かつては「21世紀の国民病」とも言われていました。ほおっておくと、肝硬変や肝臓ガンにまで進行してしまう恐ろしい病気です。C型肝炎は、ウイルスによって感染します。

オレはなぜ、C型肝炎に罹ったのか。

ご想像の通りです。

シャブ中だった時代に、仲間で注射器を使い、回し打ちしていたからです。

オレの知り合いで、C型肝炎の治療でインターフェロンを1年続けて苦しい思いをして完全に治した人がいましたが、その人は再度、注射器の回し打ちをして再びC型肝炎になりました。それだけ覚醒剤はやめにくいということです。

そして、シャブ中から社会復帰を目指すには、色々なハードルがあるというわけです。ただ、有り難かったのは、C型肝炎の治療が生活保護期間と重なったことで、治療費が全額、生活保護費でまかなえたことです。一文無しでしたから、本当に助かりました。日本という国に感謝しています。

入院生活にて

生活保護の申請、C型肝炎の治療（インターフェロン）などもあり、この時期には、しばしば入院生活を送りました。

入院生活って大変ですよね。その日の体調に関係なく、決められた時間に起こされたりすると、精神的に落ち着かず、イライラしてきます。また、病院に長くいると、病院側の落ち度もよく見えてくるのです。

生活保護受給者のバックは、親方日の丸です。だから診療費の取りはぐれというのは、保護患者を見ているかぎり、ほぼありえません。それをよいことに、しなくていい検査をするのです。

世の中の嫌な一面が1つ見えた瞬間でしたが、有り難いことにC型肝炎は見事に完治し、どこも悪いところはありません。もうすぐ61歳になろうとしていますが不思議なことに、あれだけシャブを打っていたのに血管年齢が20歳も若いのです（笑）。

女房との出会い

オレは入院生活を送る中で、自分の人生を変える最大の出会いが待っているとは、想像もつきませんでした。

それが女房でした。

彼女は、病院内でも怖がられ「やっかいもの」扱いをされるオレに、よく声を掛けてくれました。オレは病院の人間たち99％から嫌がられていましたから、そのオレに優しくするということは、看護師の中でシカトされることを意味します。

でも、彼女はお構いなしに優しくしてくれました。

話してみると、芯がしっかりしていて、細やかな気遣いのできる女性だということがよく理解できました。2人が恋に落ちるのに、時間は必要ありませんでした。

2人の意志はあっという間に、結婚するという方向へ固まりました。が……。

問題はここからでした。

彼女の友人、知人すべてがオレとの結婚に大反対だったからです。「元ヤクザ」「シャブ中」「無職」「ハゲ」「歯抜け」と五拍子揃った新郎を選ぶなんて、祝いたい気分になれるはずがありません。しかし、彼女は諦めず一人ひとりを説得してくれました。

おかげで、周りもしぶしぶ同意してくれました。

披露宴は太閤園でした。

ご存じのように、大阪市内では有数の伝統と格式を誇る会場です。社会の底辺でゴキブリのように這いずり回っていたオレが、こんな素晴らしい場所で結婚できるとは夢のようでした。

最初は「オレには釣り合いが取れないし、己の分《ぶん》をわきまえとるから」と結婚式は断っていたのですが、彼女の強い希望もあって実現する運びとなりました。

式の間、オレには不相応な場所なので照れくさかったのでありますが、隣では彼女が皆から祝福され、うれしそうに微笑んでいました。この席に来てくれた皆さんの割れんばかりの大きな拍手と、祝福してくれた皆の笑顔を石に刻み、死ぬまで忘れることはありません。

そして、「こんなオレについて来てくれるのは、この女だけや。この女だけは絶対に裏切るわけにはいかない。絶対に更生してみせる」と改めて披露宴で腹を決めたオレでした。

そして生活保護を自らやめて、少しずつ社会人として生きていくように自分自身に厳しく言い聞かせ生活するようになりました。

デリヘルの運転手

人間腹が据わると不可能なものはありません。

ついに、ぴったりの仕事が見つかりました。

更生するためなら何だってやる覚悟でしたから、見つかったのでしょう。でも、見つかった仕事は、普通の人なら尻込みする仕事です。

デリヘルの運転手です。

面接では、履歴書にサーッと目を通してから、

「免許証、持ってるか。コピーするから出してくれ」

「車、持ってるか」

「道、知ってるか」

「あっそれから、車の任意保険入ってるか？」

と４つだけ確認され、

「ハイ、入ってます」と言うと、

「ほな、今から行ってくれ」

「えっ、今からですか？」

「当たり前やないか！　うちはメチャクチャ忙しいんや」

と、本採用が決まりました。

前歴は問わない、誰でもＯＫということなのでしょう。

その日から仕事を続けるためにオレは「カレーライスのような人間」になったのです。カレーライスというのは、大人でも子どもでも誰の口にでも合う。つまりデリヘルの運転手というのは、誰の話にもうまいこと合わすという意味です。

デリヘルの運転手。世の中にこんな仕事があるとは、思いもよりませんでした。

まずは、勤務時間です。朝の10時から夜中の2時までぶっ通しの「16時間」勤務でした。労働基準法も何もあったものではありません。時給は９００円です。車は自分の車です。

１００キロ走ると、ガソリン代として１５００円が支給されます。

毎日16時間勤務して、1日1万４４００円稼がせてもらいました。金のないのはクビのないのと同じですから、これは有り難かったです。休みは父の月命日の18日だけ。この毎月18日の休みの日が一番忙しくて、たまっている色々な用事と墓参りをしていたので、結局３６５日休みなしみたいな生き方をしていました。正月も仕事ですので、車の中で新年を迎えました。

オレは、これを5年間続けることになります。

はっきり言って、自分だけのためなら無理でした。女房のため、世話になった人のため、と思うと力が出てくるのです。自分中心の考えで行動するな、とはこのことだったのかと悟りました。死に物狂いで必死に働こうと決意したのでした。

運転初日のことです。

後部座席の女の子が「チェッ」と舌打ちをしました。何事かと思って振り向くと「何してくれんねん。舌噛んでしまうやんか。ゆっくり運転せえや、ハゲ」と、その子が言ったのです。客にはネコかぶって「ヤァだぁ～」とか言ってますが、オレらドライバーにはメチャクチャガラが悪いのです。

それまでオレの運転は、急加速と急ブレーキが特徴で、皆からは「ジェットコースターや」とか、「和男さんの車には二度と乗りたくない」などと言われていましたが、その調子で運転したらいいと軽く考えていました。

ところが、実際は違いました。

デリヘル嬢の運転への要求は、非常に厳しいものがあったのです。急加速、急発進は御法度で、ほんの少しも車を揺らすことは許されません。気に入られなければ店に文句を言われて、即クビになってしまいます。それだけは避けなければなりません……。だから、怒りたい気持ちを抑え、女の子に答えました。

「スンマセンでした」

「分かったらええねん」

そう言うと、車内でタバコを吸い始めました（もちろん、オレへの許可は取りません）。その後、気を付けて運転をしたので、女の子をホテルに送り届けるまで何も言われませんでしたが、ほっとしたのは束の間でした。なんかコゲくさいので後方のシートをよく見ると、何やら黒ずんでいる部分がありました。タバコの灰をシートに落として、そこが焼けてコゲていたのです。

嫌がらせかどうか分かりませんが、同じようなことがたまにありました。ジュースをこぼす。飲みかけの缶コーヒーをシートの上に置きっぱなしにする。その缶コーヒーがこけてシートに染みる。ケンタッキーのチキンの骨だけをシートとシートの間に挟む。ゴミを袋にまとめない。どうもオレの車の中は、ゴミ箱だと思っていたようです。

きわめつけはこうでした。1回だけこんなことを言われてびっくりしたことがあり、印象に残っています。

彼女たちはコンビニのおでんを車内で食べるのですが、その余った汁を「おっちゃん。これ飲まへんか」と、聞いてくるのです。そして「前のドライバーは、飲んだけどな〜」と言いました……。一体、人を何だと思っているのでしょう（笑）。

他にも色々な女の子がいて、「安全運転しいや」と言う女の子もいれば、「早く行かんかい」と言う女の子もいます。「おっちゃんの車に乗ったら、足がこむら返りになる。ゆっくり行けや、おっちゃん」と言われたり、逆に赤信号で止まると「勝手に止まるな、アホ。急いでんねん。無視したらええねん」と怒る女の子もいました。

また、エアコンの吹き出し口からたまにオナラみたいな臭いニオイがしてくる時があるのですが、「お前、屁こいたやろ？　く〜っさいのォ〜」と言うので「こいてません」と言うと、「ウソつけ。屁のニオイするから言うとるネン。正直に言えや、怒れへんから」と言うので、こいた、こいてないとラチがあかないので、こいてないけど「スンマセン。こきました」と言うと「お前、ハラワタ腐っとんのとちゃうか」やて。

しかし、中には礼儀正しく、上品でかわいらしい人もいました。こんな女の子がお金のためとはいえ、実にもったいない。早くこんな業界から抜けてくれたらええのになと願うばかりでした。ＪＲの電車や大阪市の市バスみたいに、ゼニさえもうたら誰でも乗せる仕事は一日も早く辞めてほしいと心が痛む時もありました。

余談ですが、風俗嬢の女の子がこの世で一番嫌いなのは何だかご存じですか？　それは４文字です。「オッサン」らしいです。その理由は、これも４文字「ヘンタイ」だからと99％の風俗嬢は言ってました。「オッサン」イコール「ヘンタイ」と毛嫌いされています。

「オッサンのベロチューはしつこいから、キショク悪いネン」と。

ゴミと呼ばれて世の中の底辺を生きてきたオレは、仕事をし出して思い知らされました。

デリヘルのドライバーというのは、この業界の中で一番の底辺の仕事なのだと。店のフロントの人も女の子も、むかつく時はドライバーに八つ当たりするので、文句ばかり言われました。

しかし、運転手にひどく当たる彼女たちの側にも事情があることが、仕事を続けていると分かってきました。10人中9人ぐらいの女の子は、ホストに騙されているのです。それで、お金はほとんど持っていません。デリヘルでは稼げるはずですが、全部ホストに吸い上げられていました。ケータイも着信は取れるが発信ができないので、「おっちゃん、1回だけケータイ貸してくれへん」とかも言われました。

ホストのやり口は、こうでした。

まず、ホストクラブに通ってくる女の子に大金を使わせます。もちろん、お金がなくてもかまいません。ツケで飲ませます。そして、ホストクラブの店でしか会わないのに「彼氏」と思い込ませるのです。それで借金が何十万、何百万になったところで、デリヘルに沈める……。それでも女の子たちは皆、「仕事が終わったら彼氏のとこ行くネン」と判で押したように言います。この図式が、パターン化されていました。

世の中には、色々なところに落とし穴があるものです。若い女の子の思考力が弱いことにつけこみ、ひどいことを平気でやるのが彼らなのです。

それにしても、この5年間は本当に大変でした。

家に帰ってきて寝て、すぐに出かけなければいけないし、仕事中はずっと同じ姿勢なので腰は痛くなりますし、運動ができないため体力も落ちました。

やってよかったと思えたのは、給料が日払いであったこと、運転が丁寧で、慎重になったことぐらいでしょうか（今では、天皇陛下の運転手をやっても大丈夫なぐらいの自信がありますね）。

とにかく無我夢中で働いたデリヘルドライバーでの5年間でした。

親分、松本英俊のジョーク

面白い話と言えば、ヤクザの親分衆の話は最高に面白いです。10代の時に親分松本の盃をもらいヤクザをしていたが、無茶苦茶な渡世であった。「和男よ、オマエはほんまにやりっぱなしやのぅ〜」とオヤジからも姐さんからも呆れられていた。

その当時より、シャブを断ち切って結婚して生まれ変わったオレを松本は「和男、和男」と言って、随分と可愛がってくれていた。

「和男、K子ちゃんに感謝せえよ」

「なんででっか?」

「お前がシャブを止めれたのはK子ちゃんのおかげやろ」

「オヤジそれは全然違いまっせ。オヤジの方程式からいくと、真面目な女と結婚したらシャブを止めれる計算になりまんがな。実際は、そんな簡単もん違いまっせ。だいたいオレみたいなポン中と結婚したら、夫婦共倒れになり二人とも刑務所に行くのが99・999９９％お決まりのパターンですわ！　オヤジも南妙法蓮華経でオレがシャブを止めたと思うてるんでっか？　南妙法蓮華経でシャブ止めれたら誰も苦労しまへんがな。南妙法蓮華経で願いが叶うなら、博打勝ちまくって負けることありまへん」

オヤジとは、そんな会話をよくしていました。

オヤジは、ミナミの東心斎橋で、麻雀「つき」ていう店を経営していました。

「オヤジ、この店を開店した時、タネ銭はナンボかかったんでっか？」

と聞くと「０円だ」と言う。

「知り合いがしてた店がな潰れたんや、その店をワシが流行らせたんや。麻雀卓付で0円、羨ましいやろ（笑）」

「オヤジは博打ごとに関しては、誰にもまけまへんさかいねぇ〜」

松本の姐さんが住む本宅とは別に、麻雀「つき」から歩いて3分くらいのところに、アルグラッドザ・タワーというタワーマンションがあります。オヤジは、そこの上層階に住んでいました。

「住んでいたというよりは、そこで寝ていた」と言った方が正解かもしれません。ただ寝るだけなのに、タワーマンションの上層階です。ある日、いつものごとく、デリヘルの女の子の送迎をしている時にオヤジからの電話が鳴りました。

少し酔っ払っている感じでした。

「オヤジ、おはようございます」

「おぉ、和男かぁ〜、お前の働いてる店で一番可愛らしい女の子すぐに呼べ」

オレが、当時働いてる店は、アジャコングか、ダンプ松本（ふるぅ〜）みたいなスーパーダイナマイトヘビー級の女ばかりがいます。デブ&ブス専の店でした。

「オヤジ、うちの店は、可愛らしい女の子なんかいてませんよ。妖怪人間ベラばかりですわ。うちの女の子が行って、玄関のドア開けたらショック死しますよ。オヤジがショック死したらオレも共犯でパクられますがな」

「岡田ちゃん、こないだ麻雀で、一人負けしたからのぅ〜、岡田チャンの店でゼニ落としたらなあかんやろ。すぐに一人呼べや、30分以内な」

オレはすぐに、オーナーの岡田さんに電話をした。

「オヤジがな、1人可愛らしい女の子呼べいうてまんねん。岡田さんとこの女の子、高見山か、武蔵丸級やから、付き合いのある店から可愛らしい女の子を調達してくれまっか」

「松本の親分が言うてるんですかぁ？　20歳の工藤静香似の女の子がいてますので、すぐに手配します」

　そんなこんなで、女の子を迎えに行きました。

　そこには工藤静香ではではなく、厚化粧で板金塗装して体は細いのですが天童よしみ似の女がニッコリ笑って立っていました。

「ブスやけど20歳やからオヤジも許してくれるだろう」と思いオヤジのマンションまで連れて行きました。2時間後くらいに女の子を迎えにいって、店に送った後に、またオヤジからの電話が鳴りました。

「和男か。さっきの女、ダイアナやな?」

「日本人や思いますすけど。天童よしみでスンマヘン」

「そやから、ダイアナやなと言うとんのや」

「イギリス人ではないと思いまっせ」

「そやからダイアナや!!」

「イギリス人ではないですが、韓国人かもわかりまへん」

「そやからダイアナやろ?」

「オヤジ意味が分かりませんわ」

「和男よ、お前も頭の回転が鈍いのぅ〜」

「オヤジ、ホンマに意味が分かりまへん、どういう意味でっか?」

「アソコの穴が大きいのぅ～と言うとんのや。なかなか、あんなダイアナにあたるのは珍しいぞ」

「アッハハハ、ギャハハハハ、ワッハハハ～」

オレは、もうすぐ61歳になりますが、この時みたいに、腹の底から笑った記憶がありません。もう一度、あれくらいのメガトン級の笑いにつつまれてみたい！

10代から松本家には、実の子供のように可愛いがってもらい大変お世話になりました。オヤジの実子は、三人いますが、今でもこんなオレのことを「和男兄ちゃん」と呼んでくれています。オヤジが70歳でお亡くなりになった以降も、何かにつけて気に掛けてもらい、感謝しかない。

オヤジが生きてたら80歳。宅見組若頭勝心連合組長・入江禎親分と友達だった関係で、一本独鈷であった二代目土井組本部長青山組の若頭から移籍して、入江親分の舎弟盃を受けて、相談役、代貸、副組長を歴任。入江親分が、宅見組二代目を継承後は、不思議なことではあるが、なぜかオヤジは、二代目宅見組にはあがらずに、そのまま二代目勝心連合体制でも副組長のままでありました。オヤジに世話になっていた勝心連合の幹部の人たちは、ほとんど二代目を継承された入江親分と盃直しをしたのにです。

オヤジ自身はもうヤクザとしての欲がなかったのかもしれない。お亡くなりになられて10年が経ちます。

早いもです。

親分松本の冥福を祈るとともに、松本家の弥栄を願うばかりです。

警察官が嫌いです

ところでオレは、警察官が嫌いです。一言目には命をかけてやってますと言うが、新聞配達のほうが命がけやと言いますネン。台風大阪直撃で暴風雨の中でも新聞は配ります。警察官より新聞配ってる人のほうが死亡率が高いのは言うまでもない。また、地震の時などはエレベーターが止まるので、高層階のマンションを立て続けに階段を使って配らなければならないのです。一方で、パトカーに乗車している警察官は夏も冬もエアコンを効かせて快適に仕事をしています。

市民の安全、安心を守るために働いている。それは認めます。しかし、社会的信用や手厚い給料、ボーナス、退職金もうとるがなということです。また、毎回人を身なりや前科だけで判断し、因縁をつけてくる奴ばかりです。

10代からの40年以上、色々なことで警察と揉め事を起こしたオレが言うのだから100%本当のことです。

オレが、デリヘルの送迎の仕事をしている時、自家用車を道端で待機させていました。すると、こちらが仕事中にもかかわらず、警察官が駐車中のオレの車のところに来て毎回職務質問をします。

「ご主人、何でこんなところに駐車しているのや」

「ちょっと免許証、見せてくれ」

免許証を見せたら、それで終わりです。奴らの目つきと態度が変わるのです。

名前と生年月日で本部に照会し、バリバリの覚醒剤の前科者だと分かるからです。そして「とにかく小便を出せ」と言われ、押し問答となります。

前科11犯、犯歴23犯のオレは公務員になられへんから、生きていくためにデリヘルの運転手をしているのです。オレからすると、見ず知らずの人間がいきなり敬礼も何もせんと、声を掛けてきて「小便出せ」とか言ってくれば、「お前コラ、誰に物言うとんのじゃ」となるのです。

刑務所から出所して真面目に働こうとしている一般市民の仕事の邪魔をするのですから、前科者は更生しない、させないということでしょうか。

「オレは仕事中じゃ。何で小便出さなあかんのじゃ」

そう言って抗議しても、警察はヘラヘラ笑っています。これだけシャブの前科があると、まだ100％シャブをやっていると勝手に確信しているボンクラどもです。

こういうことが再三あるので、何年何月何日、どこそこで職質をして、どこそこの警察署まで連行して、小便を出させて容疑を晴らしたと、どのパトカーの中からでも見れるようにオンラインでデータ化せんかいと何回も言ってるのに、個人情報保護法の観点からそれはできないと言う。己らの都合のええようにやってるだけなのです。そやから職質受けた3日後にまた職質で、オレを小便出しに強引に連れて行くのです。

「オレも仕事中やん。ご主人、何で怒ってるの。何そんなに興奮しとるんや」と。

そのうち、たかが職務質問なのに応援のパトカーを2台も呼んだりして、もう逮捕したかのようにオレの自由を奪うのです。テレビの「警察24時」の職質から逮捕されるバージョンで、オレの場合は仕事中、あのように毎回毎回理不尽なことをされるのです。

オレがデリヘルのドライバーをしている5年間で、職質のおかげで合計15回も仕事をクビになりました。仕事中に2時間近く身体を拘束されることが頻発すれば、当たり前のことだと思います。クビになればすぐに次のデリヘル店に面接に行き、働きました。

それにしても、警察の職質攻撃には本当に泣かされました。オレにとっては死活問題ですが、「小便を出せ」と言って仕事中のオレを強引に連れて行った警察官には何のペナルティーもありません。

今は新聞配達をしていますが、夜中の2時過ぎの出勤時に職質を受けて遅刻させられたりもしました。その時、ケータイを家に置いてきたので「こんな足止めさせられて、新聞配達遅刻することを営業所に電話して伝えてくれ」と言うてるのに、なぜか電話一本してくれない。オレらの仕事のことなどこいつらには関係ないのです。

10日後、新聞を配り終え5時半頃に同じ警察官にたまたま出会ったこともあるのですが、「お前、こないだ新聞配達の出勤時、オレの行く道を職質で邪魔しやがって、お前のせいで遅刻して新聞を待っているおじいちゃんやおばあちゃんに迷惑かけてもうたやないか」と抗議すると、「10日前の話をまだ言うてんのか。もうその話は終わってるがな」と謝りもしない。さらに「今から出勤ですか?」やて。いかにいい加減に仕事をしているのかが、よく分かります。人のことなど何も考えていないということです。

こいつらは二言目には任意や任意やとぬかしよるが、仕事中に大切なその仕事をほっぽり出して警察に協力する人間がどこにおるんや?ということです。仕事をクビになるのに「任意でついてきた」という警察の大嘘を、どこの誰が信用するのかということです。人間的に米粒以下、シラミみたいな小さな人間が国家権力をバックに、何を勘違いしているのかやりたい放題して、己の出世のために一般市民を困らせているのです。

一部の真面目な警察官を除き、横着にオレを何回も職務質問で苦しめてきた奴らに強く激しい憤りを感じている。職質攻撃で15回も仕事をクビになったオレの身にもなってほしい。デリヘルのドライバーでの仕事は、オレの名前はブラックリストに登録されています。「すぐに職質で連れて行かれて使い物にならないので面接に来ても絶対雇わないように」

るのです。

と、ほとんどの店に情報が入っているそうです。警察の職務質問でオレは職を奪われてい

というわけで、一生懸命真面目に働いていたオレは警察官に更生の邪魔をされていたのです。仕事をしている最中に、任意や任意やと己らのやっていることが正しいのやと無理やり法をねじ曲げて、オレを連れて行くのです。どうしてそんなことをするのでしょう。

警察官職務執行法第二条には、次のように書かれています。

これを破れば、厳密に言うと毎日法律違反を繰り返していることになるのです。

1　警察官は、異常な挙動その他周囲の事情から合理的に判断して何らかの犯罪を犯し、若しくは犯そうとしていると疑うに足りる相当な理由のある者又は既に行われた犯罪について、若しくは犯罪が行われようとしていることについて知っていると認められる者を停止させて質問することができる。

2　その場で前項の質問をすることが本人に対して不利であり、又は交通の妨害になると認められる場合においては、質問するため、その者に附近の警察署、派出所又は駐在所に同行することを求めることができる。

3　前二項に規定する者は、刑事訴訟に関する法律の規定によらない限り、身柄を拘束され、又はその意に反して警察署、派出所若しくは駐在所に連行され、若しくは

答弁を強要されることはない。

このように厳密に明記されているのに、オレの場合は一体どうなっているのでしょうか？　車の中には日報もつけているし、女の子が持っていくプレイバックも３つ４つ積んでいるので、デリヘルのドライバーと１００％分かっていて、オレが仕事中やと分かっていて平気でこんなことをするのです。悔しくてやりきれなくて、毎回その度に一人で泣いていました。国家権力の横暴そのものであり、更生して毎日懸命に仕事をしているオレは「仕事中やから、頼むからこんなことはやめてくれ」と必死で懇願しているのに、オレの周りを大勢の警察官が取り囲み、ヘラヘラ笑いながら身動きできない状態にして、無理やり小便を出しに連れて行くのが任意なんでっか？ということです。そして小便を出して容疑を晴らしても、オレに因縁という職務質問を掛けてきた警察官は謝りにも来ないのです。そいつらのパトカーが止まっていて、まだその警察署にいるのに、違う警察官が「もう帰っていない。ワシが代わりに謝っとくわ」とか、こいつらには道徳心も人間としての最低限守らなければならない人の道などないのです。あるのは己の出世のことしか頭の中にはないのです。警察官の仕事もデリヘルの運転手も新聞配達も職業は職業でしょ？ということです。

また、社会正義のために警察を命がけでやっていると言うわりには、このオレがシャブをやめたということを警察が一番よく知っているにもかかわらず「シャブをやめたコツみたいなもんを教えてくれ。今度逮捕した人間に教えたるから」と聞いてきた奴は未だ1人もいないのです。

しかしながら、ここまで勝手気まま思うままに警察官からひどい虐めにあった事を、ついつい感情的になって綴ってしまいましたが、奇跡的に完全にシャブを断ち切って更生を果たし、仕事の鬼になって真面目に働いている現在、冷静になって考えてみると警察官は悪い人間を捕まえるのが職務であることに気づきます。

これだけのシャブの前科があれば「小使を出せ」と言われるのは、当たり前の話でした。警察は疑うのが仕事です。シャブの場合は、昨日やってなかっても今日はしているかもしれない。そう思われて当然なのです。

刑務官も心を持った人間です。中林和男の「身分帳」を見たらゴミであることは、一目瞭然です。オレみたいなカスは、獄中で差別をされて当たり前です。ことわざで、「郷に入れば郷に従え」とありますが、刑務所では、正しくこれです。とことん逆らう奴には、刑務所側は「そこまでするかぁ〜」と、徹底的に虐めにきます。

一言で言うと、虐められるオレに原因があって、オレが悪いから、オレの態度が悪いから国家という権力団にいじめ抜かれたのでしょう。

「中林和男よ、警察や刑務官を恨む前に、己れの前科や、生き方を恨まんかい、オマエみたいなゴミは疑われて当然だし、刑務官から虐められて当然だ、もっともっと苦労せんかい！」と、読者の方からのお叱りの声が聞こえてきそうであります。

元警察官が警察批判をする矛盾

ここ最近、元警察官が現職の時の知識を生かしてあちこちのテレビに出演し、犯罪に関して蘊蓄を語っています。

それはそれで、その人間の甲斐性であって行動力があってのことであるから、我々ゴミがとやかく言うつもりもないけれど、中には、警察の現職の時に何も言わないで、退職したと同時に警察批判をバンバンして、テレビに出たり本を出版したりしているヤカラがいます。

批判するのであれば、現職の時にやったらええだけの話です。現職の時に何の批判もしてなかったからこそ、退職まで第一線で警察としての仕事をまっとうできたのではないでしょうか。

現職時代にバンバン警察批判をしていたのであれば、警察組織の一員としては不適格者の烙印を押されて、第一線からはじき飛ばされて窓際に追いやられるのは当然のことであります。現職の時には何も言わないで（言っていたとしても独り言ぐらいのグチ）、退職してから人が180度変わったかのように警察批判をするのは、誰が考えても筋が違うのではないのか？と思います。

テレビに出て批判する、本を出して批判するのであれば、手厚い退職金や、これまでに公務員として貰った給料、ボーナスをきっちり返納してから批判するのが筋やろうということです。

道徳心があるのならば、そのくらい分かるはずであります。

オレが警察批判するのと意味が違うのです。これまで警察の職務質問で15回仕事をクビにされ、15回クビになるということは50回ほど職質で連れて行かれてるということです。1回ぐらい連れて行かれてもクビにはなりませんが、2回、3回と続けばクビになります。警察官の手前勝手なやりたい放題で大迷惑を被ったオレが警察批判するのとは、まったく意味が違うのであります。

もし本当に社会正義のために、いてもたってもいられなくて退職後に警察批判をするのであれば、テレビ出演料や本を出して入ってきた印税は、犯罪遺児の被害を受けた人たちに半分は送り、役に立ててもらうべきです。

宗教について

女房は、日本最大の信者数を誇る宗教団体、創価学会の支部副婦人部長をしています。その信仰心たるや半端じゃないです。

そんな女房を一番間近で観察していると、信じるということはすごいことやなとつくづく思う次第ですが、オレは宗教みたいなもんは一切信用していません。三途の川を渡ったことがあって生き返ってこの世に戻ってきたとか言う奴もおるが、死んだ夢を見てただけの話やろう？と思うのです。

死んで生き返った人間なんかいないのやから、死んでからのことをピーチクパーチク語る奴のことが一番信用できないのです。死んで生き返るというのは、葬式をしてる時に棺の中から「ここどこやねん」と生き返った人間のことを言うのやろう。その人の言うことなら信用するが、そんな人はおるわけがないのです。

「あんたが奇跡的に更生したのは何でや？」とよく聞かれますが、それは自分自身でシャブの愚かさを悟り、オレの更生と幸せを心から祈り仏壇に手を合わせる女房の後ろ姿を見ていたので「よし金輪際シャブは止める」ぞと誓ったからです。心の奥底で２度とシャブはやらないぞという固い決意をしたからです。女房の周囲の人たちからは、オレが今のようになったのは「ご本尊様のおかげ」と思われています。でも、結婚した女が、たまたま創価学会にいただけであって、オレは元来、こっちの宗教が良くて、あっちの宗教が悪いという考えは持っていません。

宗教というものは、己の心の中にだけ持つべきもの、と認識しているからです。誰にも指示されず、誰にも左右されず、自分の考えで道を通った時とかに名もなきお地蔵さんに手を合わす、これがほんまの信心じゃないかとオレは思います。

何かの対象を拝むだけでは物事は動きません。一生懸命信心するだけで北朝鮮から拉致被害者を取り戻せるのだったら楽なのですが、現実はそんなに甘くないでしょう。

ただ、女房が一生懸命やっている、そのことに関しては否定しませんし、妨害もしません。人間の力ではどうすることもできないことが「たまにできたりする」、これが神さんやろうなと思うとるのです。

女房は、苦しいことがあったり嫌なことがあったりすると、いつも仏壇の前で一心に「南無妙法蓮華経」と唱えています。それが終わると晴れ晴れとした表情になっているので、それはそれでいいのです。女房の固い信仰心が、オレの魂を揺さぶってくれたのかもしれません。

オレは、自分が協力できることはするというスタイルで、夫婦生活を送っています。

天邪鬼な性格が幸いする

オレがこんな人間ですから、結婚にたどり着くまでは本当に大変でした。結婚式場を予約していたのに、本人になりすました誰かにキャンセルされたりという嫌がらせも受けました。本人になりすますわけやから、悲しいけど、ものすごく近い親しい人なんやろうと思います。

ただ、オレは天邪鬼なところがあります。

皆、女房の側の人間は「中林と結婚したら不幸になるぞ」と言いましたから、それなら「中林と結婚して幸せになった」ということにしてやりたいという思いが沸々と湧き上がってくるのです。

正直、オレをあざ笑ってきた人間を見返してやりたい気持ちはあります。でもそれは、オレが金持ちになったり何かの地位を手に入れることではなく、女房を幸せにしてやることじゃないかと思うのです。

そんな女房とオレの間で、ただ1つだけ約束事があります。

隠し事をしないこと。それだけです。

お金から仕事、友人関係まで、何から何まで、ガラス張りの関係です。

女房は「世界中、宇宙中の人を敵に回しても、ワタシだけはあなたの味方だから」と言います。誰からも見放され、誰からも相手にされず、誰からもゴミにされていたこんなオレのことを「ワタシ、和男ちゃんを一番信用している」とも言ってくれます。世間から一番信用されなかったしょうもないこんなオレのことを……。オレがすべての欲を捨て去ったのを一番よく知っているのが、女房だと思いますネ。誰も引き出せなかったオレのほんの少しだけあった良いところを引き出してくれたのが、女房かもしれません。

なぜ、彼女はオレと結婚してくれたのか。

読者の皆様も不思議に思われることでしょう。

彼女は若い時に両親を亡くしてしまって、兄弟もおらず、1人で頑張ってきた信念の女です。オレは小さい子どもと動物が大好きで、女房も犬を飼っていましたし、口に出さなくてもお互いの気持ちが理解できる共通点が多かったのだと思います。

オレは、他人が死んでもあまり泣いたことはありませんが、犬が死んだり年老いた犬がよろめきながら散歩している姿を見たりすると胸がしめつけられ、切なくて心つぶれる思いで、なぜか涙が止まらなくなり目のやり場に困ります。

女房と交際する前、何通か手紙を貰っていました。その中の1通をここに載せておきます。

前略　かずちゃんへ

退院おめでとうございます。実をゆうと、最初は和ちゃんの事「恐い人」と思っていました（笑）。でも接していくたびに「違う！　この人は本当はすごく優しくて純粋な人なんだ」と気づきました。一本気で曲がった事が大キライだから、間違っている人を許せないんですよね。この世の中は、人を蹴倒してでも、お金もうけをしたり、ズル賢く生きてる人が多いから、かえって和ちゃんみたいな人は生きにくい世の中なのかも知れませんね。


入院中は、和ちゃんの事ばかり聞いていたので、今度は私の事をお話しします。

名前は○×△子
S38年○月×日生まれでもうすぐ45才。

和ちゃんとは1コ下の学年になるのかナ？

生野区桃谷で生まれました。

父と母は親子ほど歳が離れていて（父が30才ぐらい上）、私が4～5才の時にガンで亡くなりました。

当時母は、市民病院のヘルパーをして、夜はスナックで働いて私を育ててくれました。

その頃、近じょの方に勧められて創価学会に入ったみたいです。

それから○×のお父さんと知り合って（○×のお父さんもバツイチでしたが）すごく

私を可愛がってくれるので、私が小学校に入学するのを機に再婚し、この玉造の地にやってきました。そして私は両親の深い愛情の元、ひとりっ子として大切に育てられ高校卒業後、東大阪の病院に見習い看護婦として、朝と夜は病院で見習いをして昼は看護学校へ通いました（寮に入って）。

そして忘れもしない昭和58年12月31日、私がハタチの年の大晦日に、最愛の母がクモ膜下出血で倒れ帰らぬ人となりました（享年53才でした）。

あまりにも急で、今まで風邪ひとつひいた事のナイ母だったので、父と2人、地獄につきおとされたような気もちでした。

そんな時、近じょの学会員さんが心配してくれて、母の居ない淋しさをまぎらわせるように、信心にがんばりだしてん。

そして父と2人、力を合わせて生きてきて15年目の平成10年に父が肝ゾウガンで亡くなってん。

その時私は35才やってんけど、淋しくて淋しくて「とうとうひとりになってしまった」と言う思いで、またまた地獄につきおとされたような気もちでいててん。

ちょうどその頃、友だちが「一人やったら淋しいやろ?」ってゆって生まれたてのシーズー犬の男の子をくれて、その子（タロウ）を我が子のように可愛がってるねん。

そのタロウちゃんも今年10才。目も白内障で見えなくなってるんやけど、嬉しい時も、悲しい時も2人力を合わせてがんばってきてんよ。何とか1日でも元気で長生きして欲しいと思っています。
結婚のチャンスも何回かあったけど、みんな信心に反対する人ばっかりやから、いまだに独身やけど……タロウちゃんもおるし、創価学会の人が、みんなイイ人ばっかりやから、ぜんぜん淋しくナイです^_^
母が亡くなってからは母の日が大キライやってんけど、今は学会のお父さん、お母さんと呼べる人がたくさんできて大好きになりましたよ!!
私の趣味は本を読んだり映画を見たりすること。自宅マンションを座談会場に提供して、休みの日もあまり遊びにも行かずTV見たりお題目をあげたりしています。

和ちゃん、今度こそ、和ちゃんらしい人生を送って下さいね。もう絶対、刑務所に行かないでね。そして、これからはくれぐれも和ちゃん自身を大切にして下さいね。自分を大切にできない者が他人を大切にできる訳がありませんから。あなたのような優しい気もちの人を「塀」の中に閉じこめておくのは、もったいナイと思います。

私、和ちゃんのファンになりました^_^　コレはファンレターです。

それではお元気で、またお会いしましょう。

○×△子より

第5章　人のために生きること

更生とは何か

更生という言葉があります。

立ち直るという意味ですが、犯罪者が、特にポン中が本当に更生したかどうかの基準は、なかなか難しいというのが現実です。家族の中にポン中が1人いたら、その周りの人、皆が巻き込まれて共倒れになり、そのポン中と一緒に地獄に落ちるからです。8回服役したオレが言うのですから、間違いありません。

元、大阪府知事の橋下徹さんがよく言っていました。「コメンテーターのおたんこなす」この言葉は正しくピッタリです。覚醒剤事件には被害者がいないなどとほざいていますが、そんなことはないばかりか覚醒剤事件には被害者が一番多いのです。ポン中1人の周りにいる者が皆、被害者です。大物有名女優の息子のせいで、この大物女優はどれほど被害を受けてまんのや?ということです。

では、前科があるような人たちは、更生したという事実をどのように証明すればいいのでしょうか。

それは、時間によって、だと思います。

逮捕、懲役でない期間が長くなればなるほど、社会からの信用は増していくのではないでしょうか。

その分、まともな職にありつける確率が、高くなるでしょう。

警察の職務質問のせいでデリヘルのドライバーができなくなり、自力で立ち上げた店、「○×商店」もうまくいかず、その他色々と単独で商売もしましたが、ことごとく失敗しました。

そしてある日、アウトロー系の雑誌を見ていると、カラーページでハデな広告が載っています。バ○アグラ、シ○リス30錠入り2万円。オレはこんな広告出してパクられへんのかな?と興味を持って広告代理店に電話しました。代理店の奴は「この道15年やってますけれども、警察に捕らわれる商売じゃないですから1回も逮捕などされたことはないです」と言うのです。単純に信用したオレは「ほんならオレがこのバイアグラ売ってもパクられへんのでっか?」と聞くと、「当たり前です。薬事法という法律もなくなりましたし、警察とかではなくて、大阪府の行政指導が入った時にやめたら警察が動くことは100%ないです」

単細胞なオレは、安くバイアグラを仕入れるルート知っとるから「ほんならオレの広告うってくれまっか」「かしこまりました」とトントン拍子に話が進みました。再度「法律に触れることは絶対にないんやな?」と念を押すと、「間違いないです」と断言するのでした。

オレは法律に触れない仕事だと思い、バイアグラ屋の社長になったのです。しかしながら、何のことはない。薬事法という法律の名前が「医薬品、医療機器等の品質、有効性及び安全性の確保等に関する法律」というびっくりするぐらい長い名前に変わってるだけで、100%法律に触れることをやってしまっていたのです。

他店はバイアグラ30錠（100㎜）1万8000円とか2万円で広告に載せてましたから、オレの店は30錠（100㎜）入り7000円と格安にしたので、ビックリするくらい大繁盛しました。客からは「社長とこは安いし、品物もよう効きますワ」と毎日喜びの声を聞けてオレもうれしかったのですが、結局のところ法律に違反していないと思うてたのはオレだけで、バリバリの法律違反を正々堂々としてしまっていたのです。

大阪府警本部と貝塚警察署の合同捜査で半年間内偵が入り、オレの家と、1日1万円で雇っていた、人にカネを借りて返さないのを趣味にしている極悪非道のジジイの家にガサが入って、オレはパクられたのです。

すぐに弁護士を雇いました。弁護士が言いました。

「アンタ、頭大丈夫か？　ケータイも通帳も普通身元割れへんのですやろ？　こんな商売。ケータイも80歳の母親名義、通帳も身元割れる通帳でして、こんなもん『捕まえてくれ』言うてるのと一緒やで」やて。

「先生。オレは法律に触れないと思うてやってたので、起訴猶予で帰れますか？」

「やっぱりアンタ、精神病院入ったほうがええわ。多分2年の実刑やな」

「えっ（絶句）。なんとかして執行猶予とってください」と頼みました。

「分かった。その代わり成功報酬はたっぷりもらうで」

「ハイ、サラ金で借りてでもお支払いしますので、なんとか助けてください」

とオレのデコちん地面にこすれるほど、頭を下げて頼んだ結果、なんとかオレの願いが叶って懲役2年、執行猶予3年、罰金１００万円でした。

この事件の判決謄本と保釈保証決定書と弁護士料領収書のコピーを載せておきます。

これまで自力で立ち上げた商売ではすべて失敗して大損してきまして、やっと人に喜んでもらって利益になると思うた仕事で、まさかの逮捕劇でした。

刑務所ばかり入っていて世間知らずなオレでしたが、やっと更生して、働いて働いて働きまくって、結局警察官に仕事を奪われて仕方なく商売を始めたもののどれもうまくいかず、残ったのは借金だけでした。

一発逆転を狙ってバイアグラの社長となって、広告をあっちこっちの雑誌やスポーツ新聞とかにうちまくって、やっと資本金を同収できて、さあこれから入ってくるカネは全部オレのもんや……儲けたカネはボランティアに回すぞ！と思うていたところ、突然の逮捕となったのであります。

法律に触れないと思うていたのに、結局懲役2年、執行猶予3年、罰金100万円などという、覚醒剤でパクられるのとあんまり変わらん罪をオレは知らず知らずのうちに犯していたのです。ちなみに、オレが捕まったこの事件の最高刑が「懲役3年プラス罰金300万円」です。今後は何をするにしても弁護士に相談して、絶対に法律に触れるようなことはしないと、ここにお誓い申し上げます。

2019年12月19日、おかげさまで執行猶予が切れました。

娑婆に出て数週間で逮捕されたり、長くても半年ぐらいだったオレは、女房と結婚した後、医薬品、医療機器等の品質、有効性及び安全性の確保等に関する法律違反（※広告代理店の奴にそそのかされて罪の意識がなくやってしまった商売が、たまたま大阪府の条例に反していたのです。罪の意識があれば80歳の母親の携帯番号を広告に載せるか?という話です。この時の保釈金が400万円です。裁判所のボンクラどもも一体何を考えてオレみたいな乞食に400万などという数字を出してくるのか、未だに理解に苦しむのです。前科山盛りあったら保釈金も芸能人並みに高くなるんでっか?ということです）があったことを除いては、シャブで警察にやっかいになることはなくなりました。

　これからは、いかにその期間を延ばしていけるかが勝負だと思うのです。それでいつか「和男は更生したな」と周りの人から認められるようになると思うのです。

　現在は、朝2時に起きて新聞配達という生活も7年目に突入しています。以前は朝刊を配り終わるとご飯を食べて、朝8時頃になると娘として育てている子どもを保育園まで自転車で送ります。後ろのシートに娘を乗せて前カゴにはヨークシャテリアのチビ達二匹を乗せて連れて行き、娘を保育園まで送った後、大阪城

印紙税法第五条別表第一・一七号の規定により非課税

No.

領　収　書

平成29年9月29日

[redacted] 和男　様

弁護士 [redacted]

¥750,000. -

上記の金額を領収致しました（内訳は下記の通りです）

但し、[redacted]和男氏の刑事事件着手金・成功報酬金、
別途内容証明郵便作成代として。

区分	種類		金額
弁護士報酬	着手金		277,778. -
	報酬金		370,370. -
	法律相談料	初回市民法律相談	
		一般法律相談	
	鑑定料（書面）		
	書類作成手数料		46,296. -
	会社設立手数料		
	登記・登録手数料		
	手数料		
	顧問料（平成　年　月分）		
	日当（平成　年　月　日分）		
	（△源泉所得税等）		
	消費税		55,556. -
諸経費	印紙代及び送達料		
	記録謄写料		
	通信費		
	交通費		
	宿泊料		
預り金	担保保証金		
	保釈保証金		
	予納金		
合計			¥750,000. -

平成２８年（わ）第２９７号

保釈許可決定

被告人　[redacted]和男
　　　　昭和３８年[redacted]生

被告人に対する医薬品、医療機器等の品質、有効性及び安全性の確保等に関する法律違反被告事件について，平成２８年１０月２１日弁護人[redacted]から保釈の請求があったので，当裁判所は，検察官の意見を聴いた上，次のとおり決定する。

主　　文

被告人の保釈を許可する。
保証金額は金４００万円とする。
釈放後は，下記の指定条件を誠実に守らなければならない。これに違反したときは，保釈を取り消され，保証金も没取されることがある。

指定条件

1　被告人は，大阪市東成区[redacted]に居住しなければならない。住居を変更する必要ができたときは，書面で裁判所に申し出て許可を受けなければならない。
2　召喚を受けたときは，必ず定められた日時に出頭しなければならない（出頭できない正当な理由があれば，前もって，その理由を明らかにして，届け出なければならない。）。
3　逃げ隠れしたり，証拠隠滅と思われるような行為をしてはならない。
4　海外旅行又は３日以上の旅行をする場合には，前もって，裁判所に申し出て，許可を受けなければならない。
5　共犯者[redacted]及び事件関係者とは，弁護人を介する場合を除き一切接触してはならない。

平成２８年１０月２４日

大阪地方裁判所岸和田支部

裁判官　[redacted]

これは謄本である。
前同日同庁
裁判所書記官　[redacted]

平成２８年１２月１９日宣告　裁判所書記官 [redacted]

平成２８年（わ）第２９７号

医薬品、医療機器等の品質、有効性及び安全性の確保等に関する法律違反，組織的な犯罪の処罰及び犯罪収益の規制等に関する法律違反被告事件

判　　　　決

本　籍　[redacted]

住　居　[redacted]

無　職

[redacted]　和　　男

[redacted]

主　　　　文

被告人を懲役２年及び罰金１００万円に処する。

その罰金を完納することができないときは，金１万円を１日に換算した期間，被告人を労役場に留置する。

この裁判の確定した日から３年間その懲役刑の執行を猶予する。

大阪地方検察庁岸和田支部で保管中の錠剤（青色，菱形）３５錠（平成２８年領第５５９号の符号１，１０），錠剤（黄色，アーモンド形）２３錠（同符号３），錠剤（ピンク色，台形）３５錠（同符号５），錠剤（オレンジ色，丸形）６１錠（同符号７，１３），錠剤（青色，菱形）７１９錠（同符号２５），錠剤（黄色，アーモンド形）２３９錠（同符号２７），錠剤（ピンク色，台形）１７９錠（同符号２９），錠剤（オレンジ色，丸形）１１９錠（同符号３１）をいずれも没収する。

被告人から金１万９５４０円を追徴する。

理　　　　由

（罪となるべき事実）

までチビ達を散歩に連れて行きます。

散歩が終わるとすぐにアルバイトに行き、アルバイトが終わるとまたすぐに夕刊を配ります。夕刊は家を14時30分に出て夕刊を配り終えたら保育園まで娘を迎えに行きます。

現在は夕刊は辞めて、朝刊を配り終わるとすぐに支度をして、黒門市場近くに住む動物愛護団の役員の姐さんに、チビ達を預けて、朝から夕方まで働きます。

仕事が終わると急いでチビ達を迎えに行き、少しだけ散歩をさせてから帰宅します。大体20時くらいが帰宅時間です。帰宅したらすぐにチビ達にご飯をあげてオレは風呂に入り、ビールを1本だけ飲んで、ご飯を食べてすぐに眠ります。そして次の日にはまた2時に起きて新聞配達に行くという生活の繰り返しです。

まるで刑務所で服役しているのと同じことの繰り返しの生活パターンです。

いや、ちょっと違うなぁ～、刑務所にいる時よりも、今の方が生活パターンが同じであります。刑務所では再々喧嘩して保護房、刑務官に対して大声コンテストでブッチギリの1位になるくらいの声を発して「オンドレ、カス、ドブネズミ」等々、罵詈雑言を浴びせて保護房。部屋のドアを蹴っ飛ばして保護房、再々生活サイクルがみだれていましたが、しかし現在は刑務所の中に居る時よりも毎日安定した同じパターンの生活サイクルです。

元犯罪者、もうすぐ61歳、新聞配達の後、夕方まで働いてめちゃくちゃタフでんなぁ～などとよく言われるが仕事をしている時が一番幸せです。なぜか？　心が軽くなるからで

す。体は不思議なことに、どこも悪くありません。いや、悪いところは3つある。顔と頭と根性です（笑）

そして、頑張って頂いたお金で子どもたちにポップコーンやお菓子、ジュースなどを配って恵まれない施設にも率先して行かせて頂いてます。

ボランティアについて

一口にボランティアと言いましても、ひじょ～に難しいもんがあるのも事実です。オレは別に人に何と思われようと一旦決めたことは死ぬまで貫くつもりです。

2019年5月の「こどもの日」から毎週日曜日、午後3時から、公園で遊んでいる子どもたちにオレがポップコーンを焼いて食べてもらっているわけですが、オレのことがその地域の小学校の議題になり、先生連中が「そんなポップコーンを食べたらアカン。タダが一番怖いんや」とか、ポップコーンを食べに来てくれていた子どもの両親が「そんなもん毒入ってるかもしれんから、行ったらアカン」と急に来なくなったりします。

また、オレの嫌いな警察官の子どもが以前来ていました。そのメチャクチャ憎たらしい物の言い方する姉と弟の兄弟について一緒に父親が来ていたのですが、この警察官がパトカーに乗っている時にたまたまオレと偶然会ったのです。その子どもは毎回毎回来て、クレーマーで嫌味たっぷり言って帰ります。

物の言い方がえらそうに「保健所に許可取ってるんか?」(カネを貰う商売ではないから許可取る必要なし)とか、「フライパンきれいに洗ろてるんか?」とか、「ポップコーンの入れもん穴あいとるで」とか、バリバリのクレーマーです。「ボクのパパ、ケイサツやろ?」とオレが聞くと、「なんで知ってんねん。ドロボーで捕まったから知ってるんか?」やて。こんな言い方する子どもは父親の警察官と同じええかげんな警察官になるんやろな。目つきは犯人を捕まえた警察官の目です。警察官として己の子どもにもっと礼儀作法を教えんかいということです。

ヤンキー夫婦の子どもさんたちも来てくれますが「オッチャン、いつもありがとう。おいしかったです」とか礼儀正しいのに、この警察の子どもは山盛り嫌味ぬかして帰るのです。柔道を習ってるらしいのですが、武道は体と心を鍛えるもんやろう? 礼儀作法を

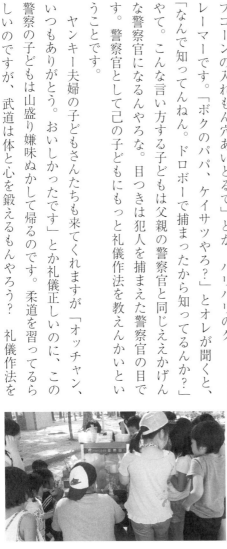

教えるやろう。礼に始まり、礼に終わるんとちがうんかい。何から何までうわべだけ、ほんま子どもまでうわべだけのボンクラで、関わりたくないです。ほんまうっとうしかったです。

ところで、この公園を毎日掃除をしている人がいます。1日5～6時間、ズーッと公園の掃除やグラウンドの土の手入れ、その他公園の木の手入れまでしてくれているおっちゃんです。毎日、東成区に五千円寄付している計算になります（時給1０００円として）。誰もマネできないことを1人で黙々としてくれています。本当に頭が下がる思いです。

オレもボランティアのマネごとをしていますが、こんなボランティア活動をしているなどと口に出した時点で値打ちが下がってしまうので本当は言いたくなかったのですが、しかし獄に繋がれている全国の方に「あんなゴミでも少しは人の役に立てるんか」と分かってもらいたいので、あえて書くことにしました。このような活動をしていても、他人から「ありがとう」やら「すんまへんなあ」とか「ごくろうさま」とかの一言を求めるべきではないと思う今日この頃です。

オレの体が動く限り、呼吸が止まるまで頑張って人の役に立てる人間になりたいと思うとります。

愛犬タロウとの出会いと別れ

更生し真面目に働くといっても、身を潔白にして質素倹約に努めるような息の詰まった生き方はしたくありません。

貧乏してても心の中だけは豊かでいたいと思うとります。

今のオレの楽しみと言えば、犬の世話です。

女房は結婚する前からシーズーという犬を飼っていました。名前はタロウと言いました。

ここでタロウの話を少しさせてください。

女房と結婚したオレは、愛犬タロウとも一緒に住むようになりました。当時10歳でした。

タロウは女房と2人で平穏無事に暮らしていたのに、突然こんなガラの悪いオッサンがやってきて3人で暮らすようになったので、タロウ本人はおそらくオレのことを「うっとうしいオッサンが来やがって」と思っていたと思います。

タロウ

当時、女房は自宅から歩いて3分ほどの近所の病院で働いていたので、5時10分には仕事を終えて家に帰ってくるのですが、タロウを見ていると、超能力があるのでは？と思うことがありました。日中ずーッと寝ているのに、夕方の5時になるとパーッと起きてくるのです。そして玄関のほうを半分白目を剥くような感じで見ています。そうすると5～10分後に女房が帰ってきます。タロウは喜んで安心し、また眠るのでした。

それはそうと、タロウには色々なことを教えてもらいました。最初はなかなかオレになついてくれませんでしたが、心でタロウと接していたら、次第にタロウもオレになついてくれて、本当に最後はオレから離れないほどになってくれました。

10歳だったタロウも11歳、12歳、13歳、14歳とどんどん年を取っていき、出逢った時から白内障になっていました。最後の半年間は延命治療をしました。今から考えると、自然に任せて楽にしてやったほうがタロウにとっては良かったのかもしれません。

動物病院の先生から「最後に一番好きだった物を食べさせてあげなさい。それを食べたらもう次は食べないと思うので、残念ですがそろそろお別れの時だと思ってください」と言われました。食欲もなくなって、まったく食べなかったタロウでしたが、好きだった生の肉をあげるとおいしそうに食べていました。そのタロウの姿を見ていると大粒の涙が流れてきて、この子ともうすぐお別れになるんかと淋しくなり、人生というのは儚いもんやのォ～とつくづく思いました。

次の日、タロウは水を飲んでいたのですが、自力で顔を上げることができず、オレはタロウの顔を水のところからゆっくり上げてやりました。そのくらいタロウの体は弱っていたのです。次の日には意識がなくなり、最後はタロウが誰よりも好きだった女房の腕の中で15年の生涯を閉じました。かわいくて賢い犬でした。

タロウは亡くなる少し前、何かを伝えようとしているようでした。オレの顔を見て「パパ、いつまでも若くはないぜ。ママのことは頼んどくぜ」と言ってくれたように感じました。オレはタロウをだっこして、「今までありがとう。安心して天国に逝ってくれヨ」と体を撫でていました。その後、タロウを女房に預けてオレは仕事に行ったのですが、仕事中、タロウが生まれた時に大ヒットした曲で、タロウが大好きだった宇多田ヒカルさんの「Automatic」という歌をずーッと聞いて、タロウと過ごした日々を思い出していました。仕事が終わり帰宅すると、仏壇の前にはたくさんのお花が飾られていました。お花に囲まれたタロウはまるで眠っているようでした。

次の日、タロウをかわいがってくれた人たちに来てもらいました。そしてタロウの冥福を祈り、タロウが毎日散歩していた公園のところに移動火葬車に来てもらい、火葬してもらっている間、皆でタロウの思い出話をしてお別れをしました。

あれから9年が経ちましたが、仏壇の前には骨壺があり、目につくところにはタロウの写真が14枚、あちらこちらに置いてあります。そんなふうに、今でもオレの日常生活にはいつでもタロウが近くにいます。

刑務所にいる時は人の死に目に会うことはなかったけれど、親分松本英俊の死に目にも会えたし、色々な人の死に目にも会えました。

タロウに教えてもらったことがもう1つあります。人間として生きていたらいつなんどきでも、ことあるごとに、この体を持っていける自由があるということです。「そのことをパパ、忘れたらあかんぜ。ママを悲しませたら承知せんぞ」と言ってくれたように思います。

タロウは亡くなってしまいましたが、オレはこのタロウの愛らしさが忘れられず、今はヨークシャーテリアを2匹飼っています。

名前はユメタロウとモモといいます。雄雌のつがいなので、仔犬を6匹も産みました。生まれた仔犬は3カ月後、数人の知り合いにもらってもらい、今でも元気に幸せに暮らしているそうです。ネズミのように小さな赤ちゃんでしたから、動物病院の先生も驚いていました。

一口に犬の世話と言いますが、結構大変な面もあります。

たとえば、餌の問題があります。

ヨークシャーテリアの中でも、うちの犬は最も小さい犬です。体重は1・4キロと1・9キロです。だから、偏食というのか、食べるものに対して好き嫌いがはっきりとあります。また、気に入ったものを出していても、連続して出すとすぐに飽きてしまいます。

餌を出すと少しクンクンとかいで、ハァ～とタメ息をつくような感じで「こんなもん食えるかい」と食べてくれないので、色々と毎日工夫しています。さらに、病気にも罹りやすくて、しょっちゅう獣医師のやっかいになっています。

この２匹のチビたちにとって食べることと毎日２回の散歩が何よりも楽しみみたいで、一度しかない短い犬の人生、飼い主の務め、責任として、どんなに忙しくてもこの子たちが一番喜ぶような生き方をさせてあげたいと思い、仕事以外はどこにでも連れて行くようにしています。

振り返りますと、オレの腕には数えきれないぐらいのシャブを打ち、オレ自身が悪いのに些細なことで人を半殺しの目に遭わせ、苦しめ、傷つけて、取り返しのつかないことをしてしまいました。その結果、いつも独りぼっちで、オレはシャブを打ちながら、情けなくて汚れたこの腕で涙をぬぐったこともありました。それなのに、この犬たちは、その汚れたオレの腕の中で安心してすやすやと幸せそうな顔をして毎日眠ります。オレはそんな犬たちを裏切ることはできません。この犬たちもオレを裏切ることはないでしょう。

最後の刑務所を出て、もうすぐ16年になります。タロウに教えてもろうたことを常に頭に入れて、自分自身に来るべき時が来たら決してうろたえることなく、安心して死んでいきたいと思うとります。それまではしっかりと家族を守って生きていくつもりでおります。

〝人権派〟戸谷茂樹弁護士

オレはこれまでに一度だけ、覚醒剤の所持で無罪判決を貰った超貴重な体験をしたことがあります。犯罪者が無罪を貰えるのは本当に稀で、おおげさかも分かりませんが、奇跡に近い確率なのです。

たまに痴漢とかで無罪判決をニュースとかで見たり聞いたりしますが、それは真面目なサラリーマンとかの無罪であって、我々バリバリのドの付くポン中が、それも覚醒剤の所持での無罪となると、何か魔法あるいはマジックにかけてもらい無罪にしてもらったとしか考えられないのであります。

戸谷先生と裁判長との個人的なつながりがあったのか？　なかったのか？　オレには分かりませんが、現実として無罪を勝ち取って頂いたのです。戸谷先生は人の嫌がる事件、他の弁護士が引き受けない案件を引き受けて、被告人のために、99％黒くて疑わしくとも1％白いところがあるやないかと、真実は神様しか分からんやないかという弁護士の信念としてその1％の白いところをオレの事件でバンバン主張して頂きました。

オレの無罪を取って頂いた覚醒剤の所持の無罪というのは、ポン中が集まる博奕場で知り合ったアダ名しか知らない人から盗難車を借りていて、その車の中から覚醒剤が発見されたのですが、「オレは知らんで」と一貫して「知らん」で通しました。戸谷先生もその

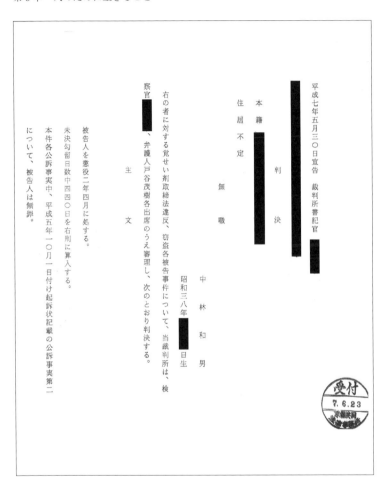

平成七年五月三〇日宣告　裁判所書記官[redacted]

[redacted]

判　決

本　籍[redacted]

住　居　不　定

無　職

中　林　和　男

昭和三八年[redacted]日生

右の者に対する覚せい剤取締法違反、窃盗各被告事件について、当裁判所は、検察官[redacted]、弁護人戸谷茂樹各出席のうえ審理し、次のとおり判決する。

主　文

被告人を懲役二年四月に処する。

未決勾留日数中四四〇日を右刑に算入する。

本件各公訴事実中、平成五年一〇月一日付け起訴状記載の公訴事実第二について、被告人は無罪。

言葉を信じてくれ、いくら中林が覚醒剤中毒者バリバリでも、覚醒剤の使用はしていたとしても盗難車の中から出てきた覚醒剤まで中林の所持として有罪にするのは違うのではないかと、色々な角度から主張して頂いた結果、ありがたいことに無罪を頂いたのでありました。先生は被告人のために真剣に行動してくださる数少ない人権派の弁護士です。

オレがヤクザの親分衆に金を無心する手紙を出していた頃、同時に弁護士名簿を見ながら、あっちこっちの弁護士にも「アメ玉1つ、コーヒー1杯買う金もないので、いくばくかの金を貸してください」と連日手紙を出していました。ヤクザの親分衆とは違い、弁護士の中では誰一人として返事もありませんでした（返事がなくて当たり前なのですが）。その中でたった一人の弁護士が、ゴキブリ同然のオレに心温まる手紙を添えて、お金を送金してくださったのです。なんて任侠の心を持った人なんやろうか。こんな優しい人がオレのお父ちゃんやったら、オレも悪の道に進むことはなかったのにと、胸が熱くなったのをつい昨日のように思い出します。

オレが更生を果たして京橋共同法律事務所にお金をお返しに行くと、戸谷弁護士はこんなことを言ってくださいました。

「お金なんかどうでもいい。キミが家庭を持って、こんなかわいい娘さんとワンちゃん2匹も連れてくるとは夢のようです。ありがとう。ワタシはキミの更生した姿を見て、弁護士になって良かったと初心に返った思いでいるよ」

戸谷茂樹先生からは、今でも色々と人生においてのアドバイスを頂くと共に、優しいお言葉を頂戴しています。先生の今後益々のご活躍を祈らずにはおれません。

浅草キッド

オレは政治とかにはまったく興味はないが、鈴木宗男さんを尊敬しています。以前、鈴木さんは東京拘置所に437日も不当に勾留され獄中に繋がれていたそうです。それも接見禁止（弁護士以外、面会も手紙のやり取りもできない）がついていたそうです。

鈴木さんは心が落ち込んだりしたことはなかったそうですが、しかし、毎日一人です。孤独で心がどん底に落ち込みかけている時に、不思議と盟友松山千春さんの『大空と大地の中で』という歌がラジオから流れてきたそうです。

「負けてたまるか」と自然に大粒の涙がとめどなく流れてきたといいます。鈴木さんが長期拘留されている時に、実に6回も『大空と大地の中で』がラジオから流れてきたそうです。その度にメラメラと魂が燃え上がり、「負けてたまるか」とあらためて闘志を燃やしたといいます。

鈴木宗男さんと松山千春さんは、ヤクザでいうところの兄弟分だと勝手にオレは思うとります。ヤクザの兄弟分というのは、兄弟分がケンカしたら絶対止めたらアカン、一緒にケンカするのがほんまの兄弟分やと、そういううらやましい関係なんやなと、本当に凄い人間関係なんやなと思います。

どこの世界でも同じと思いますが、日頃勇ましいことを言うている奴に限ってドタン場になれば平気で手の平を返して信念を曲げる奴が多い中にあって、長期にわたる接見禁止の中で孤独と闘い、深い哀しみや苦しみの中で鉄の信念を貫いた鈴木宗男さんを尊敬しています。

鈴木さんが獄中でラジオから流れてきた松山千春さんの歌に勇気を貰ったのと同じで、オレは北野武監督が大昔に歌ってらした『浅草キッド』という歌が大好きで、カラオケでもよく歌いました。

獄中で八方塞がりで四面楚歌で、何もかも嫌になって苦しんで苦しんで苦しみ抜いている時に18回ラジオから『浅草キッド』が流れてきたのであります。その度に鳥肌が立って、オレの体の血が騒ぎ燃えてくるのです。「絶対負けへんど、コラ」と、生きる勇気とパワーを北野武さんの歌で頂いたように思うとります。

獄に繋がれていた苦しい時に『浅草キッド』という歌を聴いていなかったら、おおげさかも分からないですが今のオレはなかったのかもしれません。あの天下に鳴り響く北野武さんでさえ不遇の時代もあったんやど、オレは「絶対負けへんど、コラ」と自分自身に言い聞かせて、なんとか乗り越えることができました。

鈴木宗男さんと松山千春さんみたいな関係ではなく、テレビとかで一方的に知っているだけのことですが、いつかきっと、いつの日にか『浅草キッド』のおかげで頑張ってこられましたとごあいさつにうかがいたいと思うとります。そして、オレにしか語れないことやオレにしか書けないことが、これから先、山のようにあります。

その時には少年の頃から憧れていた北野武さんの会社「T・Nゴン」に入れてもらって、残生、それで得た収入の90％はめぐまれない方々の役に立てて頂いて、10％は女房に渡してやり、ボランティア活動の真髄を極めたいなと思うとります。

なぜか？　それは獄中に繋がれている者は「頑張れヨ」と言われても「何を頑張るんや？」と頑張りようがなく、伸びしろがないのです。ですから出所してもすぐに覚醒剤に走り、またパクられるの繰り返しで、哀れな人生を終えてしまいます。

オレが「獄中に繋がれていた人間の中で更生した」という手本、モデルケースになりたいのです。「あの恥さらしの中林が、今は世間に貢献しとるやないか」と、オレが頑張ることによって、獄中にいる人の心の中に一筋の光を当ててやることができるかもしれない。そう思いながら前向きな気持ちで、オレはこれから先を生きていくつもりでいます。もちろん新聞配達は一生続けながらです。

現在、獄中に座しているあなたへ

刑務所ばかり入って、それも実にしょ～もない事件ばかりでパクられて、オレが言うたら説得力に欠けるのですが、この世の中には、なんぼ努力してもどうにもならんことがたくさんあります。そしてまた、それが人生というもんでもあります。

そやけど、挫折するたびに何クソーッと努力していれば、絶対にいいことがあるのも事実です。一生懸命に頑張っていれば、運みたいなもんを引き寄せることができるかもしれません。運を引き寄せるためには、獄中でも決してマイナス思考にならず、プラス思考で暮らして頂きたいと思っております。

オレは獄中に繋がれている時、「四面楚歌」「八方塞がり」で敵ばかりでした。オレがこんな究極の最低のゴミだったからでしょうか、刑務官たちも感情を持った人間であります。本来、受刑者の味方をしてくれるであろう彼らでさえ敵ばかりの環境でしたが、希望を捨てずに生き抜いていました。

なんやかんや言うても、人間は健康が財産みたいなもんであります。金がなくても健康でさえあれば、ガッツとバイタリティー、パワーも湧き上がり、夢が膨らんでくる可能性もあります。大きな夢を持てば、どんな苦難にぶち当たっても必ず乗り切れます。1回しかない人生です。夢に向かって、逆境みたいなもんは一撃で撃破して荒波と闘うことです。これは20年間、あっちこっちの警察署の留置所や刑務所を渡り歩き、刑務所の中を知り尽くしたオレが言うのやから間違いありません。

どうぞ、現在の苦しみや哀しさに負けないでください。それを乗り切って夢を実現させるために、自分を殺して「辛抱」することを学んで頂きたいと思うとります。人生とは苦しみの連続であり、それを打ち破るための努力の積み重ねであります。逆境を乗り越え、それに打ち勝っていく人生にこそ値打ちがあり、夢も希望も膨らんでいくもんです。

自殺未遂のロシアンルーレット

オレはこれまでに、自殺に近いことを一度だけしたことがあります。

それまでは、パクられるたびに拘置所の中で色々と考えることがあって、こんなしょ〜もない人生、呼吸しとってもしゃ〜ないなと、タオルを首に巻いて力一杯、思いっきり首をしめたりすることはありました。けれども、意識がなくなる手前までいくと力が抜けて自然と元に戻るので、死ねないのです。

オレが36歳の時、義理ある人が殺されました。そして、昔に大変かわいがってもらった地元の先輩が交通事故で死にました。オレはというと、いつものごとくシャブを打ちまくって、人生に行き詰まって何もかも嫌になった時がありました。当時オレは護身用に回転式のピストルを持っていたので、弾も持っていました。そこでオレは、もうこの際死んだほうがええんとちがうんかい？と思いつめてしまいました。

5発まで弾が入るところ2発入れました。そしてレンコン（回転式のピストルの弾を入れるところをレンコンと呼んでいます）をクルクルクルクルと何回も回して、弾がどこに入っていたのか分からないようにして、もうこれで死んでもうたる。運良く生き残ったら、まだオレにも活躍できる日がいつの日か来るかもしれないとの思いで、死んでからも下着が汚れていると恥をかかないために、新品のキレイな下着に着替え、世話になり尊敬していた人の墓の前に座ってハラをくくって地べたに座りました。真冬のようにとても寒かったのが、つい昨日のように思い出されます。

オレはローソクに火をつけて線香をあげ、手を合わしてから、約15分後にピストルのゲキテツを起こして、こめかみのところにピストルの先を当てて引き金に人差し指を当てました。心臓が高鳴ってくるのが分かりました。これ以上恥かいて苦しむのも、もうこれで終わりにしたい。恥さらしの人生やった。そう思いながら目をつむりました。そうすると、あれほど子どもに冷たかった両親と実兄の顔が浮かんできました。3人ともなぜか「カズオ～ッ」と微笑んでいました。やっぱり実の親兄弟は切っても切れん関係なんやな。「お父ちゃん、お母ちゃん、お兄ちゃん、今までありがとうな。さようなら」オレは引き金を引きました――。

「カチッ」と冷たい音がしました。そしてもう一度引き金を引きました。「カチッ」とまた冷たい音がしただけでした。オレは生き残ったのです。寒かったのにオレの体は冷や汗でビッショリ濡れていました。

忘れもしない、オレが36歳の11月２日のことです。

運が良かったのか？　悪かったのか？　その約20日後に覚醒剤で逮捕され、オレは６回目の服役となりました。

あの時死んでいたら今のオレはなかったので、神さんが生かしてくれたんかなぁと思う今日この頃です。ちなみに、その時に使ったピストルは大海の船の上から捨てて、もうオレは法に触れるものは持っておりません。

カタギの価値観、ヤクザの価値観

カタギの価値観もヤクザの価値観も、同じ人間ですから一緒なのです。

カタギの人でも考え方が不良の人もいるし、ヤクザの人でも考え方が奇特な人もいるのです。たとえば世間の人は、ヤクザで指をつめている人は悪いことをしたから指がないのだろうとか、ヘタを打ったから指をつめているに違いないと思うかもしれませんが、意外にそうとは言えないのです。

当時、メチャクチャ真面目な兄弟分がいました。親分がラークを吸っていて、「おい○×、タバコ買うてこい」とその兄弟分に言ったのですが、ラークを買ってこなくてはならないのにケントというタバコを間違って買ってきてしまいました。オレやったら「オヤジ、スイマセン。勘違いしてました」と言って済ますのに、その人は真面目なのか神経質なのか分かりませんが、ラークとケントを間違っただけなのに、なんと親分に指をつめて持っていったのです。一番ビックリしてたのが、指を持ってこられた親分だったと思います。

一方で、人間としてあるまじき行為ばかりしている、本当に誰が見ても聞いても外道のような奴の指が10本揃っていたりするのです。他人の女には平気で手をつける、組織の金は使い込む、それだけのことをしても指をつめることなく生きているのです。

価値観というのは人それぞれ皆違うので、指がないからといってヘタを打ったとは限らないし、指が10本揃っているからといって真面目な人かどうかは分からないということです。

また、組織が違うだけで物事に寛容な組、何かにつけて厳しい組がありますし、些細なことで指をつめさせたがる組長もいれば、何をしても指をつめる必要はないという組長もいるわけです。

組長の運転手をしている若衆でも、組長が優しくて話の分かる組長なら「ワシはもう帰って寝るから、この車で女とドライブでもしてメシでも食うてこい」という組長もおれば、車の走行距離を写メで撮って、次の日「お前、150キロも走ってどこ行っとったんじゃゃボケ」と怒る組長もいるのです。カタギの会社もヤクザの組織も運のいい奴、悪い奴がいるのです。

ちなみにオレの親分であった松本は、「ヘタ打ったことで指をつめる必要なんてないど。万が一指をつめる場面が来るとしたら、人のため、誰かのために生きた指をつめたらんかい」と言われていました。事実、松本自身も他人がヘタを打ったことに対して松本の指を相手方に持っていったことがありました。博徒の世界では知らん者はいないほどの実力者、松本の指を受け取った先方の組がえらい恐縮してたのが思い出されます。

オレの実兄

ここでオレの兄貴のことをお話しておきます。

オレには２つ年上の兄貴がいました。兄貴も若い時分から渡世を張っていました。オレの組とは違う別組織の、当時五代目酒梅組若頭補佐平澤組平澤清組長の若衆として毎日「たぬき」という盆中（博奕場）で合力《ごうりき》をしていました。

合力とは、お客さんが張った金を、ぬけたら（負けたら）回収して、あいたら（勝ったら）つけるという役をする者のことです。オレの兄貴は博奕場の花形として、毎日くる日もくる日も盆中で渡世を歩んでいました。

盆中での合力の所作を見ていると、神ワザとも言えるほどの金の勘定の仕方やビックリするほどの仕事の早さに感心してしまいます。おそらく、みずほ銀行のベテランの社員より金の計算は早いやろなと思うのです。

兄貴から聞いた話ですが、大昔、パチンコ屋の社長のＢＭＷに自転車をぶつけられて、兄貴はひっくり返ったといいます。社長は「えらいスマンかったな」と30万円を出してきて、「これで飯でも食うてキゲン直してえな」と言ってきたらしいのです。その時、兄貴は「分かった」とその30万円を神ワザとも言える早さで数えて、「確かに30万あったけど、少ないような気もするが、もろうとくで」と言った時、パチンコ屋の社長が金を数える兄貴の姿を見て、「久しぶりにええもん見せてもろうた。そんなけ早いこと金を数えられるワザを持ってるアナタはただもんではないですな？」と納得して帰って行ったといいます。

昭和58年、オレは岸和田拘置支所の独居房で毎日、暇で単調な生活を送っていました。

昼メシか夕メシか忘れましたが、メシを1粒残さず食べた後、「あぁ、やっぱり岸和田拘置支所のメシは最高にうまいのう」と独り言を言った時、ラジオからニュースが流れてきたのです。当時、世間では新大阪戦争と呼ばれるヤクザの抗争事件が連日のように新聞やラジオから流れてきていました。

「ここでニュースをお伝えします。今日午前○時×分頃、大阪市西成区にある暴力団酒梅組系平澤組事務所で発砲事件があり、事務所にいた中林忠男組員23歳が撃たれ病院に運ばれましたが、命に別状はないということです」

オレは思わず「エーーッ」とビックリしたのを覚えています。ヤクザしてる人間は数多くいますが、鉛の弾を身体に入れられた人間は全体の1%か2%ぐらいでしょう。

余談ですが、実兄が撃たれた時、近くの喫茶店の色っぽい40歳ぐらいのママが事務所にコーヒーの出前を持ってきて「ねえ忠男ちゃん、タバコ1本吸わせてね」と言って、ソファーに座っている実兄の横に座り、タバコを吸いながら胸と太ももを実兄に押しつけてきている時にカチコミに来られ、ママは「キャ〜助けてェ〜」と言ったそうです。あとから警察の事情聴取を受けてる時、「中林よ、あの喫茶店のママのう、店までしょんべん漏らしながら帰ったらしいど」と教えてくれたそうです。

当時の酒梅組の人間は世間から博徒、博徒と言われて、博奕場を持っているので「スンマヘンナ」「スンマヘンナ」が口癖でした。つまらん揉め事を起こしてバクチができないようになるとメシが食えないからです。しかし、一旦ケンカになったら当時最も勢いがあって一番ケンカの強かったケンカ軍団西成のA組と五分でケンカしていたスゴイ組でした。

五代目酒梅組組長、谷口正雄親分は極道の中でも最もスマートなインテリヤクザで、金持ちで有名でした。若いもんにも面倒見が良くて、1回夏の暑い時にゴルフをしておられた時、氷で冷やした冷たいおしぼりをオレの実兄が「親分どうぞ」と渡したそうです。「お前、よう気が利くやないか」とその場でぶ厚い財布を秘書に持ってこさせて、帯の付いた100万円を「こづかいや、持っとけ」と言ってくれたそうです。

兄貴もカタギになり、覚醒剤の後遺症と闘いながら毎日一生懸命働いて頑張っていました。兄貴の口癖は「和男よ、政俊がのぅ〜」と大昔の出来事を思い出しては父の名前を呼び捨てにして、悪口を何回も何回も繰り返し言っていました。よほど自分が子どもだった頃の父の振る舞いが許せなかったのでしょうか。

そして2020年8月31日の19時頃、オレのケータイに警察から電話がありました。警察から何か言われるようなことは一切していなかったので、オレは「もしもし、誰か死んだんかい？」と聞きました。すると「和泉警察署刑事課の○×と申しますが、中林忠男さんの弟さんでしょうか」と言うので、「お前、なんでワシの電話番号知っとんのや」と聞いたのです。相手はこう言いました。「実はお兄さんが亡くなられたのですが、どうしてわかったんですか？ 中林忠男さんは8月25日、自宅の玄関で首を吊って亡くなっていました。お兄さんのケータイの電話帳から弟さんの電話番号が分かり、電話させてもらいました。暑い時期に6日間も発見されずにいたので遺体はかなり腐敗していますが、見に来てもらえますか」と……。実兄は「10日前の8月15日に60歳の誕生日を迎えたばかりなのに、なんでぇ～」と心の中で叫びました。

後で聞いた話ですが、その日の朝に母親の家に兄貴が来て「お父ちゃんの仏壇に線香あげさせてくれ」と覇気のない暗い小さな声で言ってきたそうです。母は「人間、心変わりする時もあるんやなぁ～」と思ったといいます。兄貴は父の仏壇の前に座ると、目を瞑り1分程ジ～～っと手を合わせていたそうです。常日頃から「政俊のボケがなぁ～」と父の悪口ばかり言っていた兄貴でしたが、本当は自ら命を絶った父親のことを許していたのかもしれません。そして「お父ちゃん、オレも今からそっちに行くからな」と仏壇に報告しに来たのかもしれません。その後、自分の家に帰り、すぐに首を吊ったのです。

オレは思います。

「兄貴よ、何も死ぬことはないやないか?苦しかったんやなぁ～アンタは毎回苦しい時に酔っ払って、和男かぁワシやと、オレに電話してきたなぁ～仕事中の時もあった、仕事で疲れて寝てる時もあった、忙しい時もあった。しかし今振り返って考えてみると、もっともっとアンタが納得するまで真剣に話を聞くべきだった」と。

オレも女房と別れ、娘とも別々に暮らして無茶苦茶苦しい」それでも頑張るしかないんや！オレも、もうすぐ61歳。遅かれ早かれ、お父ちゃんとお兄ちゃんのところに逝く日が近づいている。兄貴その時は、方々宜しゅう頼んどきまっせ。

覚醒剤は奥が深かすぎて、たとえシャブを断ち切ったとしても後遺症やポン中時代の癖が出る本当に愚かな薬なのです。合掌

たった一人の母

ところでオレの母親はどんな人か、母について述べておきます。

母は昭和12年、九州の大分県で生まれました。幼少の頃より歌が好きだったそうです。

母は、息子がいうのは憚られますが、非常にキレイな人でした。昔、エースコックの「江利チエミそっくりショー」で優勝したことがあります。

ここにその時の写真を載せておきます。

江利チエミさん(30)
中林岸野さん
「サザエさん」がニックネーム。上を向いて歌うときの口もとが、ぴったり同じでした。（採点・96点）

ただ、オレたち息子に対しては厳しかったので、オレは

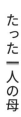

母に反発し続けました。でも、60歳になった今では、過去の諍いはすべて乗り越え、親孝行をしようと日々努力しています。

今、母と一緒にしていることがあります。

父の墓参りです。オレは月に一度、父の月命日だけですが、母は原付バイクに乗って毎日墓参りをしています。父が死んでからもうすぐ21年になりますが、３６５日、母は中林家の墓の花を一度も枯らしたことがありません。これは長年母が行っていることで、泉北の仁平というお墓の辺りでは皆が知っている有名な話であります。

父の自殺

最後に、オレの父親の話をします。

父は大阪の泉北の田舎（現在の泉北ニュータウンになる前の辺り）、家が６００坪、田んぼが６反ほど、牛もいたらしいです。しいたけ山とかがあって、そこそこの金持ちの家に生まれましたが、財産を食いつぶしてしまいました。その後、大型のダンプに乗り、オレの成年時にはタクシーの運転手をしていました。車関係の仕事が好きだったのだと思います。

父は兄弟の仲が悪く、財産分けの時に骨肉の争いをしたらしいです。長男であった父は「かまどの灰まで長男であるワシのもんや。オンドレらに1円もやらんど！」と言ったそうです。

そういう人でしたから、子どもの頃、オレは父のことが好きではありませんでした。中学2年の時のことです。学校の規則では男は丸坊主でしたが、オレはニグロというパンチパーマをかけました。すると父が怒り、コウモリ傘で胸を刺されて10日間入院させられたほどの恐ろしい人でした。傘の先が肺まで届くほど、父は力一杯オレの胸をコウモリ傘で突いたのです。息ができず、母が119番して救急車で病院に運ばれました。

自分勝手な人でしたから、毎日酒を飲んでは赤い顔をして、「誰のおかげで飯を食うとるんじゃ」と言っていました。それも、わざわざ家の窓を全開にして大声で怒鳴るのです。普通なら、自分が漬けもん食べても子どもには肉を食べさせてやろうというのが本当の親と思うのですが、うちの父親は違いました。大阪府和泉市鶴山台団地というところで「恥さらしの中林一家て知ってまっか?」て聞いてくれたら、皆知っています。「あ〜あのキチガイ一家やねぇ」と皆言うでしょう。

父はすき焼きの時は、自分だけが卵を使って高級な肉を食べていました。オレや兄がそうすると、明らかに嫌がっていました。また、父は短気でした。すぐに怒ります。だからオレは父に対して、よく敬語でしゃべっていました。

そんな父でしたが、オレが39歳の時に亡くなりました。

オレは遺産から100万円を貰いました。父が一生懸命働いて貯めたお金でしたが、貰ったその足でタブという サイコロ賭場に行き、ものの1時間ですべてなくしてしまいました。


今、父の墓参りを続ける理由。

それは、オレがシャブ中の時、父が自殺をしたからです。

オレが大阪刑務所を出所した平成14年10月18日。その日のことでした。

ちょうど父が70歳の時です。

体力に自信があった父も、寄る年波には勝てません。徐々に体力も落ちて、少しでも長生きするためだったのでしょうか、好きな酒も控えるようにして、浴びるように飲んでいた酒も、毎日350㎖の缶ビール1本にしていたと母から聞きました。

若い時分は刑務所などに一度も面会に来てくれたことはありませんでしたが、歳がいくにつれ、淋しそうな顔をして頻繁に面会に来てくれるようになりました。口では「昔はスマンかったのう」とかは言いませんでしたが、言葉の端々や表情やしぐさで「和男よ、昔は悪かったのう。昔はスマンかったのう。昔はほんまに悪かったのう。許してくれよ。スマンかったなぁ」と訴えてるようでした（心の中でオレに土下座して詫びているような感じでした）。

父は「ぶら下がり健康器」にクビを吊って死んでいたそうです。下には空になった一升瓶が2本落ちていたらしいです。大好きだった酒の、この世の最後の「飲みの納め」だったのでしょう。

また、近くに、包丁が落ちていたらしいです。おそらく首の動脈を包丁で切って、首を吊ったのでしょう。天井にまで血が広がり、飛び散っていました。

これほど悲惨な光景は長い人生の中でも見たことがないと、第一発見者の母が言っていました。

なぜ、最後になってこういう身内の恥をさらすような話をするのかというと、皆さんにシャブの本当の怖さを知ってもらいたいと思うたからです。どういうことか話します。

母からもらった電話でのことです。

「和男、お父ちゃん死んだで」

「ウソーッ」

「帰ったら首吊ってた」

「……」

オレは言葉が出ず、しゃくり上げるようにワァ〜ワァ〜と10分ほど泣きましたが、しかしそんなふうにして父の自殺を聞いた倅か15分後にオレは、なんとシャブを打っていたのです。父が自殺したショックよりも、シャブの誘惑のほうが優ってしまったのです。父は自殺という死をもって教えてくれたのに「和男、そろそろ更生してくれヨ」と。それなのにオレはシャブをやめて生き方を改めることもなく、父の死の後も「シャブさえあったらええんや」と思うとりました。それほど、この白い粉は恐ろしくも怖い悪魔のクスリなのです。それ故、最初の1回が絶対に絶対に絶対にダメということを義務教育の時分から厳しく教えていかなければならないと思うとります。

シャブは人間の正常な精神状態を保障してくれません。それ故、「たった1回ぐらいなら」が命取りになります。絶対に1回シャブを経験してしまうと、よほどのことがない限り、無間地獄に落とされます。この本を教訓に、オレの人生を教訓に、シャブをやっている人はすぐにでもやめて頂きたいという思いで一杯です。

しかしながら、シャブはやめられないと思っている人、その家族の方、世間からも、ゴミみたいな奴からもゴミにされた中林が奇跡を起こしてやめられたんやと、希望を持ってください。

中林だけは絶対にシャブはやめられないと太鼓判を押されていたオレでも、45歳で最後の服役を終えた後、シャブを断ち切ったのです。オレは誰の力も借りず自力で断ち切りました。

オレがやめられたということは、その気になれば皆絶対にやめることができるということであります。決して諦めることはありません。

シャブを断ち切るには、目標を持って生きることです。そして自分の欲は捨てることです。そして死ぬ時には「最初はつまらん人生やったけど、最後は巻き返して良い人生やった」と笑って死んでいける人生にしてください。オレも朝2時に起きてコーヒーを飲み、元気に新聞配達に行けることも決して当たり前のことではありません。働きたくても働けない体の不自由な方がいっぱいいるのですから。それ故に、体が健康であるということは計り知れないほどの数多くの恩恵を受けたということであり、幸せなことなのである。そのことに気付いたオレは運が良いと思う次第です。

そして残生は、これまで世間様に山盛り迷惑をかけた分、少しずつ返していく決意です。そういう切なる願いを込めて、正直に、赤裸々に恥知らずなことを恥と承知の上であえて一歩踏み出して、この本を書きました。

本を執筆するという機会に恵まれたことに感謝をしてペンを止め置きます。合掌。

中林和男　拝

2023年10月吉日

特別収録

極道・覚醒剤・前科11犯・獄中20年。そこから更生の道を歩む中林和男さんのこと

鈴木 傾城

新宿・歌舞伎町で『大日本朱光会』という右翼民族派の重鎮である阿形充規《あがたみつのり》先生にお会いして話をしていた時があった。大日本朱光会は日本有数の民族派右翼団体であり、阿形先生は野村秋介氏の盟友でもあった人である。

その阿形先生が私に一冊の書籍を出して、私にこう言った。

「もし良かったら読んでみてくれないか。この著者の中林さんというのは、刑務所の中から手紙をくれた人で今は立派に更生されてボランティアをしておられるんだ」

書籍を受け取って題名を見てみると『ゴミと呼ばれて　刑務所の中の落ちこぼれ』とあり、帯には「前科11犯、獄中生活20年…」と大きく書かれている。

極道として生きていた人だから、組のために懲役に行くこともあるだろうが、それにしても前科11犯は尋常ではない。「駐車違反は罰金ですが、注射違反は地獄行き」と書かれているので、覚醒剤で再犯を繰り返しているというのはすぐに分かった。

阿形先生から本を受け取ったその日にはすぐに読み進めたのだが、読んでみるとこれがなかなか面白い。大阪出身の人なので例によって大阪人特有のジョークが満載で、悲惨な境遇を語っているはずなのに飄々とした語り口のせいで読んでいて思わず笑みが浮かぶ。

それでも冷静に考えれば、ケンカに明け暮れ、極道の世界に入り、覚醒剤を覚え、少年院に入り、刑務所に8回入っているのだから、言って見れば札付きのワルである。裏街道まっしぐらだ。

そんな人が覚醒剤で流転しながら生きてきて、ある看護師と出会って心を通わせて結婚し、更生し、今はボランティアをしていることが本に綴られている。私がうろついている西成区の話もふんだんに出てくる。

言うまでもないが、西成は覚醒剤の最前線である。警察の相次ぐ摘発で今は地下に潜っているが、それでもいくつかのスポットには売人が立っている。本を読み終わって、私は中林和男さんと会いたいと思うようになった。

連絡を取ってみると、もう大歓迎ですぐにでも会ってくれるという。そこで私は２０２1年8月25日に西成のドヤに転がり込み、26日の午後4時30分に西成のど真ん中で中林さんと会うことにした。

「この子たちはオレがおらんと寂しがってあかんねん」

折しもコロナ禍で緊急事態宣言が発令されて待ち合わせした店が休業になっていたのだが、中林さんは律儀に5分前には来てくれていた。私が「チュウリンさん！」と声をかけると中林さんは驚いていたが、すぐに人懐っこい笑みを浮かべて会釈してくれた。

「チュウリン」というのは彼のあだ名だったのは書籍に書いていて、それが何となく印象深かったので、私は以後ずっと中林さんを「チュウリンさん」と言った。中林さんは自転車でやってきて、かわいらしいヨークシャーテリア二匹を自転車カゴに入れてやってきていた。

ユメタロウとモモと名付けられていて「こっちがユメタロウで、こっちがモモ」と言われたのだが、二匹ともあまりにも似ているので目を離して再び見たら、もうどっちがどっちなのか分からなくなっていた。

「この子たちはオレがおらんと寂しがってあかんねん。だから、どこに行くにも連れて行ってんねん」と中林さんは笑う。この一匹は本当に中林さんに懐いている。

「この子たちのためにも頑張らなあかんねん」

実は書籍にも書いていたのだが、中林さんも妻となる方も中林さんと結婚する前からタロウという名の犬を飼っていて、その犬を寿命まで大切に大切に可愛がっていた。タロウがいなくなってから、中林さんは懐いてくれる犬の愛おしさが忘れられずにヨークシャーテリア二匹を飼うようになっていたのだった。

つぶらな目で庇護者である中林さんをじっと見つめる二匹を愛情たっぷりと抱きしめる中林さんを見て、この人は優しさが分かる人なのだろうとすぐに私は理解した。前科11犯だが、ほとんどは覚醒剤がらみの再犯である。覚醒剤に取り憑かれたことによって中林さんの人生は大きく翻弄されていたのだ。

17歳に少年院から45歳まで、ほぼ「刑務所人生」だった

どれだけ覚醒剤に翻弄されていたのかは、書籍『ゴミと呼ばれて』にも書かれているのだが、改めて見ると「こんな人生もあるのか……」と驚くほど強烈だ。

「いやーオレね、20代30代はずっと刑務所ですわ」と中林さんは言う。

20歳から22歳の終わりまで姫路少年刑務所。25歳で恐喝と覚醒剤で大阪刑務所。28歳の

時に出所したのだがすぐに覚醒剤で逮捕されて再び大阪刑務所。30歳で出所するとまたもや覚醒剤で京都刑務所。33歳に出所するのだが、出所したら再び覚醒剤で逮捕されて京都刑務所。

36歳で出所するのだが、ふたたび覚醒剤で逮捕されて大阪刑務所。39歳の時は傷害罪で逮捕されたがこの時も覚醒剤が入っていたのだが水を飲みまくって汗で出して覚醒剤の反応は出なかった。しかし、傷害罪で収監された。42歳で出所すると再び覚醒剤で大阪刑務所……。

まさに17歳に少年院にぶちこまれてから45歳まで、ほぼ「刑務所人生」であったことが分かる。しかし、45歳で中林さんは更生を誓った。

「誓った……」と言っても、誓ってすぐに更生できるものなのだろうか。

書籍には、45歳で更生を誓ってから刑務所を出た後、父親の墓で涙を流して人生をやり直す場面が書かれている。

看護師の働きかけも更生のきっかけとなっていたのだが、実は書籍には書かれていなかった、とても重要な「出会い」が中林さんにあった。

西成は緊急事態宣言でどこの店もやっていないので、私たちはブラブラと歩きながら他愛のない話をしていた。三角公園で身体を休めながら炊き出しを待っているホームレスたちを見つめながら、その人の話を聞いた。

「阿形先生がいなかったら更生できなかったですね」と、中林さんは言った。

全国のヤクザの親分に片っ端から手紙を書いた時

中林さんは書籍『ゴミと呼ばれて』にも書いているのだが、拘置所内で何とかして現金を手に入れるために、小学校の恩師やら弁護士などに必死の手紙を書いていた。弁護士からはほとんど返事はもらえなかったが、小学校の恩師からは奇跡的に金を送ってもらっている。

そして、中林さんは会ったこともない全国のヤクザの親分に片っ端から手紙を書いて「金を送って下さい」と手紙をしたためていたのだった。

「親分に憧れ、渡世を歩んできましたが、刀折れ矢尽き、夢破れて八方塞がりになりました」とか「あめ玉ひとつ、コーヒー一杯買うお金もなく己の不遇を憐れんでおります」と書いて、「いくばくかの金を送ってくれませんか」とつなげた。

本当のことであるというのは間違いないのだが、それにしても全国の親分に「金を送ってくれ」と言うのだから、考えてみたらすごいことではある。

覚醒剤で何度も逮捕されている見も知らぬ人間から届いた手紙に、ヤクザの親分は果たして反応するのだろうか……。

実はここが面白いところで、ヤクザの親分にも「任侠」に生きている人が今も大勢いる。任侠というのは、困っていたり苦しんでいたりする人を、見返りも、恩義も求めず、身体を張って助ける行為を指す。

「刀折れ矢尽き、夢破れて八方塞がりになりました」と手紙を送ってくる人間を黙って助けるのが任侠の世界である。中林さんの手紙で少なからずの親分が、組も違えば会ったこともない人間に数万円から10万円を黙って現金封筒で送ってきたのだった。

さすがに中林さんも「親分の任侠を悪用してしまった」と反省して返そうとしたのだが、今度は「送った記憶などない」と親分は受け取ろうとしない。これが任侠の世界であった。

その中で、特に中林さんの境遇に心を痛め、中林さんを励ますように、何度も何度も手紙や現金をしたためていた任侠人がいた。それが、当時は住吉会の日野一家だった阿形充規氏であった。

不可能とも思えた更生に背を押したのは任侠道だった

中林さんは拘置所で送ってもらった阿形氏の現金を持って刑務所に入っている。そして、刑務所を出て今度は傷害罪で逮捕された時、2年2ヶ月ずっと裁判で戦っていたのだが、その時にも一面識もない阿形氏に手紙を書いている。

この当時、阿形氏は日野一家六代目総長に就任していた。さらに住吉会の五本の指に入る慶弔委員長をも兼ねていた。義理事を重んじるヤクザの世界では重責の地位である。

その地位にあって、多くの部下を持つ阿形氏は、会ったこともない中林さんに2年2ヶ月ずっと送金し、直筆の手紙も送っていたのである。任侠という生き方があったとは言えども、これほどまで任侠を貫き通す人物は珍しい。

「会ったこともないのにずっと阿形先生はお金を送っていたんですか？」

「鈴木さん考えられますか？　嘘や言われるけどホンマですわ」

中林さんは言う。中林さんはその後に「更生する」と誓ったのだが、3年後の42歳で出所したら、再び覚醒剤に手を出して刑務所に舞い戻っていったのである。しかし、この3年の刑務所で中林さんは更生に向かう下地ができていた。

「このままでは阿形先生に顔向けでけへん。だからまともな人間にならなあかん。それで阿形先生に連絡できる」

最後の苦しい刑務所生活は、まさに覚醒剤からの離脱のための準備だったのだろうと思う。中林さんの不可能とも思えた更生に背を押したのは、まさに「阿形充規」という希有な人物の研ぎ澄まされた任侠道だったのである。

「オレみたいな人間にも、中林さん中林さん言うてもらって、ほんま恐縮しております。

阿形先生は『手紙が捨てられへん性分でね』と言って、オレが送った手紙もまだ保管してくれてるみたいですわ」

中林さんは、言った。実は、その中林さんもまた阿形先生から折りに触れて頂いた手紙をきちんと持っていて、それを心の支えにして生きている。

残りの人生、中林さんは子供たちへのボランティアに生きる決意

阿形先生の手紙には中林さんを気遣う心からの言葉があり、修羅の世界を生きてきた「阿形充規」という任侠人の生き様もまた散りばめられている。

「色々と納得のいかないことや理不尽なこともあるかもしれませんが、これも世の常です」

「自分に信念を持って人生を闘い抜いて下さい」

中林さんの闘いは「自分との闘い」である。私自身は中林さんを見るまで「覚醒剤依存者の更生はかなり難しい」という認識を持っていたのだが、中林さんを見ていると「難しいかもしれないが、可能性はゼロではない」という確証を持った。

残りの人生、中林さんは子供たちへのボランティアに生きる決意をした。中林さんは子供の頃は好きなものを食べることができなかった。お菓子も肉も食べられる家庭ではな

かった。

そのため「今もそういう子供たちがいるのではないか」と考えて、公園に行ってそうした子供たちにポップコーンを無料でプレゼントするという活動をしている。さらに、印税も「社会福祉協議会」に寄付すると言う。貧しい子供たちに役立ててもらうためである。今まで社会に迷惑をかけてきた分だけ、これからの人生を使って贖罪に生きるというのである。

「オレは有言実行で生きています。傾城さん、ぜひ見届人になってください。社会福祉協議会への寄付の領収書はツイッターの1番上のピンどめのところをタップして頂いたら下に出てきます。寄付などと口に出した時点で値打ちがなくなりますが、しかしオレは自分を追い込むためにも口に出して実行していきます」

中林さんはそのように言う。中林さんと楽しい談笑の時間を過ごし、別れてひとりになった時、今までずっと一匹狼で生きていた私は、まったく違う道と世界に生きている男たちが持つ独特の世界に思いを馳せた。

鈴木 傾城

あとがき

オレの親分であった松本英俊には、銭の使い方、男としての生き方を、背中で教えてもろたように思います。

ヤクザしている時はその教えてもろうた生き方はできませんでしたが、ヤクザ組織からはじき出されてカタギになった今、本当の意味が、この歳になって初めて分かってきたように思うとります。

親分に教えてもろうたのは「見返りを求めない」ということです。

「男とは他人のためにどれだけ自分自身を犠牲にしたかで、その男の値打ちが決まるんやど。そして、人からしてもろうたことは忘れたらあかんど。反対に人にしてやったことはその場で忘れんかい、それがほんまもんの男やど」

男ならそんなふうに生きていけと教えてくれたのです。

オレは、この「見返りを求めず他人に尽くす」生き方を命果てるまで貫くつもりでおります。

ところで、1歳半から、ありったけの愛情を注いで育ててきた娘が小学校3年生になっています。娘が小学1年生になる時、突然女房からこのような内容のことを言われました。「アナタが現在更生を果たして仕事一筋に打ち込んでいる姿は、私が誰よりもどこの誰よりも一番よく知っています。そしてアナタのことを一番よく理解しているのも私なのです。でもアナタは馬鹿正直すぎます。『ワシ、シャブで8回、20年刑務所行ってまんねん』と、どこに行っても、黙ってたらわからないことを自分の口から出すから、私も娘も恥ずかしいです。アナタは、覚醒剤を完全に断ち切って、人がとうてい真似ができないことをしています。アナタは大きな自信があるから正直に生きられるのでしょう。そして本も出したよね。私の本心としては、本とかは出して欲しくなかった。アナタは人の言うことは絶対に聞く人ではないから私は黙ってましたが……。アナタがいくら頑張ってはいても、世間の人は額面通りには見てくれません。娘の父親が元がついていたところで、しょせんシャブ中で刑務所8回20年も行っている恐ろしい人……。そう思われるのが自然だと思います。私のアナタに対する想いはず～っと変わっていません。でも娘が可哀想です。あまりにも不憫すぎます。急なことで本当に言いにくいのですが、別れてください」

そう言われました。

オレは何も聞かずに「分かった」と返事をして、娘が小学校1年生になった時に、女房とは離婚しました。

娘は発達障害の上に「てんかん」という病も持っています。ついこないだ元女房と娘が、オレの勤めている新聞販売店に行った時の話ですが、新聞屋の社長のお母さんが、

「中林さん昨日奥さんと娘さんが来てくれましたよ娘さん可愛いねぇ～～目がクリッとして幼稚園くらい？」

「小学校三年生ですわ（涙）」

オレは、可哀想になぁ～可哀想になぁ～と百万言叫んでみても、こればっかりは、どうすることもできない切なさや儚さがある。毎朝てんかんの薬を飲ますらしいのですが、この薬がめちゃくちゃニガクて、飲むのを嫌がるらしいのです。毎朝、ワァ～ワァ～イヤヤ～イヤヤ～と泣くのだそうです。

オレの娘よ！

オレは、大阪のゴキブリと言われて、皆から毛嫌いされる人間だった。今でも嫌われているだろう。別に好かれようとは思わない。ポン中は、元がついても人から嫌われるもんだとオレが世間に示している。現役のポン中も元ポン中も人からは好かれない絶対に嫌われるのだ。なぜなら「現」ポンも「元」ポンも二言目にはカネを貸してくれと言う。そんな勝手な奴が人から好かれるわけがない。いくら綺麗事を並べても真実は一つしかない。だからありのままにオレは生きている。

それなのにオマエは縁あってゴミ中のゴミ、最低中の最低のこんなオレのところに来て

くれた。そして、とうちゃんだとか、パパァ〜パパァ〜と呼んでくれた。嬉しかったし、幸せだったなぁ〜〜

まさか、天下の嫌われ者の中林和男が、家庭を持って天使のような可愛らしい娘と生活するなどと誰が想像したであろうか。人生なんて何かがキッカケで己れの努力と、やる気さえあれば１８０度変えることができるのだ。大阪で一番恥さらしなオレだった。そんな情けないオレでも完全に「更生」を果たした。

オレは、これ迄の恥を忍びながらでも頑張って生きていく。そして獄中者の手本として生きなければならない。己れに厳しく生きる。ポン中に対しても厳しく生きる。一方で子供たちと動物には優しく生きていくのである。

そして、オレの娘になってくれた最愛なるＲよ、オレは生命の続く限りオマエのことは忘れないからな！！

本当にありがとうな！！

本当に本当にありがとうな！！

短い間だったがオレみたいな、こんなゴミ人間の娘になってくれたことに感謝する。

また、オレみたいなクズ人間に幸せをくれたことに感謝する。

オマエは体が小さいし体も悪い。これから生きていく先にはたくさんの困難が待っている。だから、しっかりとママの言うことを聞いて人生の荒波と闘いぬいてくれ。絶対に負けるなよ！

昔のオレやったら、死んだら墓に小便でもかけに来る人はいても、泣いてくれる人は誰一人いなかったでしょう。けれど、現在ではオレが死ぬと最低でも10人ぐらいは心の底から泣いてくれる人がいるだろうと思います。何回も覚醒剤でショック死しかけていますので、あと何年生きられるかは分かりませんが、命ある限り、少しでも世の中のために生きていく決意です。決して見返りは求めません。

覚醒剤を断ち切ったオレは、現在平穏で普通の人間としての生活ができるようになりました。しかしながら、これまで他人様に山盛りご迷惑をかけたことは一生消えることはありません。また、オレは覚醒剤を何人もの人に覚えさせ、中には自殺した人もいます。未だに獄中で苦しんでいる人もたくさんいます。その家族の人たちも大変な思いをしているでしょう。

それ故、オレは自分のしでかした罪の大きさに今更ながら気づき、どんな楽しいことをしていても、ふとそのことを思う時、一瞬のうちに胸が締めつけられ苦しくて、やりきれなくて、暗闇の世界に突き落とされる苦しい日々の一方、自らゴミ人間と自認する最低の生き方をしてきたオレだけが娑婆でのうのうと生きているこの大きな矛盾。

毎日毎日、来る日もくる日もそのことばかりを考えています。それ故オレは絶対に幸せにはなれない人間です。いや幸せになったらだめな人間なのです。オレは心の中で常に大きな荷物を背負って生きています。それがあまりにも重たくて重たすぎて毎日毎日心が押し潰されそうになっています。

だから、だから、これまで、さんざん迷惑をかけてきた方々に、来る日も来る日も心の中で、申し訳なかったなぁ〜申し訳なかったなぁ〜本当に本当に申し訳なかったなぁ〜と、衷心からお詫びをしている毎日でございます。

そして、毎朝目覚めるとオレは改めて誓います。

己のすべての欲を捨て自分を追い込んで、自分自身を責めて生きていこうと。そのためには、一生涯、懺悔と贖罪の意味を込めて毎朝2時に起き新聞配達をして血と汗と涙が染み込んだ有り難く頂く給料全額と、そしてオレが魂を込めて綴った本の印税全額を、親御さんが居ない子供さんやあるいは虐待などを受けて、しかたなく施設にて暮らす不憫な子供さん達を笑顔にするために寄付させてもらいます。

施設にて暮らす子供さんたちをユニバーサルスタジオジャパンに連れて行きたいという一念であります。それが、さんざん世間に迷惑をかけてきたことに対しての落とし前であり、オレなりの仁義であります。

ローソクは身を減らして人を照らすといいます。

オレもローソクのようになりたいと思っております。

命果てるまで己のすべての欲を捨て、世間に返していきます。

最後に、読者の皆様への御願いがあります。

ダルクや自助グループには我々の税金が生活保護費という名目でむしり取られています。何の成果もないところに貴重な税金を入れるのは断固阻止するべきであります。全国の読者の中で、オレの意見に賛同してくれる方は手をあげてほしい!!

SNSをしておられる方は是非拡散をお願いしたい。一人ひとりの監視の目が必ず、大切な税金がダルクや自助グループに流れるのを阻止できるはずであります。いや、阻止しなければならないのであります。

一本の草でも皆が集まれば大草原に変わるし、一雫の水であっても皆が集まれば川にでも、或いは湖にでも変わるのであります。

何の成果もないのに、覚醒剤中毒者&アルコール依存者&ギャンブル依存者などに対して、ダルクや自助グループが引き受けるなどと眠たい話をする。こんな不届きものは即刻排除するべきです。

また、ダルクの関係者は、ダルクの悪いところは一切口外しません。上辺だけの綺麗事ばかりを並べてはいるものの、ダルクの施設内でシャブを隠れて使っている人間が居ても警察には通報しないのです。

実際の話、ダルクとは、施設によっては多少の違いはあるものの、大体はこんなところであると世間の人は認識するべきであります（例外あり）。

くどいが再度言います。

ダルクや自助グループに我々の血税を入れるのは中止しろと、全国の皆様が、声高々に言い続けてくださる事を切に願っています。

そして本書を読んでくれた皆さん、この中林和男の情けない半生を知って何かを感じてくれたなら友だちや知人に是非薦めてください。シャブの恐ろしさを全国の幅広い方々に読んでもらいのです。この本を読んでくれたことによって1人でも多くのシャブ中がいなくなれば、この本を書いた甲斐があり誉れであります。

百拝

弁　論　要　旨

被告人　中　林　和　男

上記の者に対する傷害被告事件について、弁論の要旨は下記のとおりである。

平成16年2月23日

弁護人　[redacted]

大阪地方裁判所岸和田支部　御中

記

第2、逮捕手続の違法

1、現行犯逮捕手続なし

（一）総論

（1）任意同行

現行犯人逮捕手続書においては、被告人は、平成14年12月13日午後9時45分に現行犯逮捕されたとされる。

しかしかかる日時においては、被告人は、任意同行に応じただけであり、何ら逮捕されていない。

その後、実際に現行犯逮捕手続がなされたのは、同日午後11時過頃である。

（2）現行犯逮捕の要件等

現行犯逮捕（刑訴法213条）は、犯罪と被疑者の結びつきが高く誤認逮捕のおそれがないこと、及びその場で被疑者を逮捕する必要性が高く、かつその機会を逃すと今後いつ被疑者の身柄を保全することができるか分からないことを理由に、刑訴法213条の要件を充たすことを条件に、いわゆる令状主義の例外として認められているものである。

そして当初は同条の要件を充たしていた被疑者であっても、直ちに現行犯逮捕手続がなされないまま、任意同行の形態により警察署等に連行され、その後の取調べを経た結果、初めて逮捕の必要性が認められたような場合には、当該時点に至るまでの時間的経過により、既に同条の要件を欠いてしまっているといわざるを得ない。したがって、かかる事案においては、被疑者に対する通常逮捕又は緊急逮捕の手続を経た上で留置・勾留をすべきである。かかる手続を欠いた留置・勾留は、令状主義の精神を没却する重大な瑕疵があるものとして、違法と解するのが相当である。

本件では、当初は任意同行であったのであり、被告人が現行犯逮捕された際には、既に刑訴法２１３条の要件を満たさない状態であったのであるから、通常逮捕又は緊急逮捕の手続によらなければならなかったものである。しかし本件においては、かかる手続がなかったという違法がある。

（３）現行犯逮捕と評価される基礎事情

ところで，刑訴法上にいう逮捕とは、捜査機関が実力をもって被疑者の身体の自由を拘束し、引致した上で引き続き、一定の時間右拘束状態を続ける強制処分をいう。そして身体の自由の拘束とは、常に物理的に身体を拘束することや被逮捕者自身がそれを認識することまで必要とするものではないが、少なくとも、客観的に見て、逮捕者が、被逮捕者の自由な意思に基づく行動を支配したといえるに足りる状況の存することが必要と解される。

（二）任意同行である理由

（１）本件では、以下の事情から、逮捕者が被告人の自由な意思に基づく行動を支配したとは、到底、認められないものである。

（２）手錠がされた事実がない

（ｉ）仮に逮捕されたのであれば、通常であれば、手錠がされるものである。

しかし本件では、手錠がされた事実はない。

（ii）この点、手錠をしなかった理由の一つとして、証人[redacted]

[redacted]（以下「[redacted]」という）は、「人の目もあったので」と述べる（[redacted]証人尋問調書P７）。

しかし実際には、「野次馬はいなかった」ものであり（[redacted]証人尋問調書P２０）、人の目を気にする必要はなく、証人[redacted]の述べた上記の理由は失当である。

単純に、本件の警察への連行は任意同行であったと解することが合理的である。


（ⅲ）証人[redacted]（以下「[redacted]」という）は、手錠をかけなかった理由として、「逃亡の危険はないと思ったから」と述べる（[redacted]証人尋問調書P２０）。

他方、被告人を逮捕しようとした理由として、「被告人が立ち去ろうとしたから」であると述べる（[redacted]証人尋問調書P４）。

このように一方では、逃亡のおそれがないと思ったので手錠をしなかったと述べながら、他方では逃亡を防止するために逮捕しようと思ったと述べているものであり、矛盾する説明をしている。

[redacted]の手錠をかけなかった理由に関する証言は、何ら信用性が認められない。


（ⅳ）被告人の所持するセカンドバックの中には、ハサミが入っていた。

そして仮に逮捕した後に、被告人がかかるハサミを利用して、警察官に危害を加える等して、逃亡を図った場合、取り返しのつかないことになってしまう。

それゆえ、仮に本件において、[redacted]駐車場において被告人を現行犯逮捕したのであれば、かかるハサミに被告人が触れることができないようにするために、手錠をかけるはずである。

にもかかわらず、本件においては手錠をかけられなかったものであり、これはまさしく、本件が任意同行であったことの証左である。

（３）パトカーで警察官の数

（ｉ）被告人を逮捕して警察まで護送する時は、通常は、パトカーには運転手を除き２名の警察官が乗車してい

16

るものである。かかる事実については、[redacted]自身も認めている（[redacted]証人尋問調書Ｐ１５）。

そして通常は、被疑者の両脇を警察官が固めるかたちで、パトカーにて警察署に護送する。

この点、[redacted]は、本件パトカーにおいては、右側のドアが開かないから安全であり、両脇を固める必要がなかったと証言する（[redacted]証人尋問調書Ｐ１０）。

しかしパトカーのほとんどは、右側後部のドアが開かない構造になっており、それでもなお、逃亡の危険を防止するために、両脇を警察官が固める運用がなされているものである。それゆえ、右後部のドアが開かない構造の自動車であるからといって、両脇を警察官にて固める必要がないということには全くならないものである。

むしろ、警察官が被告人の両脇を固めなかったとの事実からすれば、本件連行は任意同行であったと解されるものである。

（４）パトカーに乗る前に所持品検査はない。

（ｉ）[redacted]は、逮捕直後とパトカーに乗る直前に、２度所持品検査をした旨を証言する。

そして[redacted]は、「とにかく刃物類とそういう凶器の検索に重点を置いていました」と述べている（[redacted]証人尋問調書Ｐ１７）。

それゆえ、仮にセカンドバックの中に刃物類が入っていれば、その刃物類をその場で差し押さえるなり、かかるセカンドバックを絶対に被告人が触れることができない措置をとることになる。

そして本件では、被告人の所持するセカンドバックの中には、ハサミが入っていたものである（平成１５年押第５６号符号１）。

にもかかわらず、[redacted]は、その場で、セカンドバックやハサミを差し押さえることはなかった。

しかも[redacted]は、かかるセカンドバックを、パトカー内で[redacted]の右側においていた旨を証言する（[redacted]証人尋問調書Ｐ１７)。なおその後、かかる証言内容を変遷させるが信用性はない。

そして被告人は、後部右側の座席に座っており（[redacted]証人尋問調書Ｐ１０)、かつ手錠もされていなかったというのであるから、被告人においてそのセカンドバックの中からハサミを取り出すことは容易な状況にあった。

ハサミをもった被疑者を、逮捕後に逃走させてしまうことは非常に危険な状況であり、警察の責任問題にも波及しかねないのであるから、仮に本件において、実際に現行犯逮捕が既になされていたのであれば、かかる危険な状況を作出することは、絶対にあり得ないものである。

かかる危険な状況を放置していたことは、パトカーによる護送が任意同行に基づくものであったと解してこそ、初めて説明のつくものである。


(ⅱ) 被告人は、[redacted]から証人[redacted]（以下「[redacted]」という）に対して引致された
そして[redacted]は、引致後に、「(被告人が) セカンドバックを持っておりましたので、セカンドバックの中身を出させたのと、ポケットとかを調べた」と述べ、引致を受けた際には、被告人がセカンドバックを所持していた旨を述べる(第８回公判[redacted]証人尋問調書Ｐ１０)。

しかし上記[redacted]の証言によると、引致までに２度も所持品検査をしており、しかもその目的は、凶器の発見にあったとのことである（[redacted]証人尋問調書Ｐ１７)。

[redacted]おいてかかる所持品検査をしていたのであれば、当然にセカンドバック内にハサミがあることも、発見できたはずである。

にもかかわらず、引致の際には、かかる危険極まりないセカンドバックを、再度、被告人に所持させていたというのである。

かかる状況下においては、被告人が逃亡を図るために、ハサミで[redacted]に対して襲い掛かることも想定しうる

18

ものであるから、仮に既に現行犯逮捕がなされ所持品検査も終了していたのであれば、かかる旨を[redacted]に引継ぎ、かつかかる~~ハン~~セカンドバックを被告人に触れさせない措置を、捜査官においては絶対に講じるものである。

にもかかわらず、引致の際、被告人は、セカンドバックを所持していたとのことであるから、警察に到着するまでに所持品検査を受けていなかったことが明らかとなる。

このように警察に到着するまでに、所持品検査がなされなかったという事態は、本件を任意同行であったこと前提にしてこそ、初めて説明がつくものである。

<u>（5）警察署においても、当初は所持品検査がなかった。</u>

（ｉ）通常であれば、逮捕された後には、被疑者は、携帯電話を使用することはできない。

にもかかわらず、[redacted]は、引致後も、携帯電話を取り上げることをしなかった。

（ii）また被告人の所持するセカンドバックの中には、ハサミが入っていたのであるが、[redacted]は、かかるハサミをとりあげることもしなかった。

ハサミに関し、当初は、検察官からの「特に危険な薬物とかそういうものは、発見されていないですよね」との質問に対し、「危険なものはなかった」旨を証言している（第８回公判[redacted]証人尋問調書Ｐ２）。

しかしその後、被告人の所持するセカンドバックの中にハサミが入っていたことが明らかになると、「かかるハサミについては危険物ではないと思った」旨を述べる（[redacted]第１１回証人尋問調書Ｐ３）。

かかる変遷の理由について「薬を切るために使うとのことであり使用目的が正当であったので、第８回公判においては、危険物がなかった旨を証言した」と述べる（[redacted]第１１回証人尋問調書Ｐ３）。

しかし所持品検査の目的の一つは、取調べをなし留置するための前提として、危険物を被疑者に持たせないようにするという点にある。

それゆえ所持品検査の結果において、危険物か否かは、その使用目的によって判断されるべきものではなく、その物自体の客観的な形状によるべきである。

それゆえ、「所持品検査の結果、危険物が見付からなかったか」と質問された場合に、使用目的から判断して、「危険物はなかった」と述べることは、いかにも不自然である。

またそもそも、本件のハサミは、殺傷能力もあり得る巨大なものであり、かかるハサミの使用目的につき、捜査官において「薬を切るため」との被告人の説明を信じることはあり得ない。

また[redacted]は、「使用目的を聞いていたので、本件犯行にも関係がありませんし、正当な理由があったと思いましたので詳しく見ていません」と述べ（第１１回公判[redacted]証人尋問調書 P5）、セカンドバックの中の、ハサミの形状につき、詳しくは確認しなかった旨を証言する。

しかし①取調べ中に、かかるハサミで襲い掛かってくることも想定されるのであるから、ハサミの存在に気付いたのであれば、当然に、そのハサミにつき詳細に確認し、その形状によっては差押等の手続をとるはずである。②また「本件に関係がない」と述べているが、本件被疑事実は傷害であったとのことであり、かかるハサミが凶器として利用されたか否かについては、当然に確認すべき事情である。「本件に関係ない」ことは、後に判明したことであり、引致を受けた段階で、[redacted]に分かるはずもないのである。

これらの事情からすれば、「ハサミの存在については気付いていたが、その形状については詳細に確認しなかった」との[redacted]の証言は、全くもって不合理である。

（ⅲ）これらの事情からすれば、警察に到着後も、[redacted]において所持品検査を行った事実はないと解さざるを得ない。

かかる事実からも、本件連行が任意同行であったことが明らかとなる。

20

（６）携帯電話を利用継続

（ⅰ）現行犯逮捕されたとされる時間（平成１４年１２月１３日午後９時４５分）から、引致されたとされる時間（同日午後１０時５分）までの間、被告人は、携帯電話を使用している。

すなわち、被告人は、自己の携帯電話を、午後９時４７分、同５７分、同５９分に使用している（弁８号証）。

かかる使用履歴からすると、被告人は、パトカー内から携帯電話を使用していたことが明らかとなる。

この点、[redacted]は、パトカー内では、被告人が携帯電話を利用した事実がない旨を主張する（[redacted]尋問調書Ｐ１７）。

しかし、かかる証言は、明らかに前記の携帯電話の通話履歴と矛盾するものであり、[redacted]の証言は全く信用力がない。

（ⅱ）また被告人は、警察署内からも、何度も電話をしている。

すなわち被告人は引致を受けた後、実に１６回も電話を発信している。

また４回のかかってきた電話につき、実際に受信している。6回

逮捕された後に、携帯電話を使用できないことはいわば常識であり、上記のように被告人において多数回にわたり携帯電話を使用していることからして、本件においては警察署に到着した当初においては、現行犯逮捕がなされていなかったことが明らかである。

（ⅲ）携帯電話の使用は限定されていたか否か

[redacted]は、被告人の携帯電話の使用に関しては、弁護人への連絡等につき制限していたので、特に問題でない旨を証言している。

すなわち[redacted]は、携帯電話の着信について、被告人において電話にでること自体は許したが、実際に話をさせなかった旨を証言する（第８回公判[redacted]証人尋問調書Ｐ１８）。

しかし被告人に対して自由に話をさせないのであれ

ば、そもそも電話を取りあげるなり、かかってきた電話については絶対に取らせなければよいだけの話であり、電話にでること自体は許すが、話すことは許さないという措置をとることは不自然極まりない。

かかる幼稚とも思える言い訳が許されるはずもない。

かかる[redacted]の証言は虚偽であることは、明白である。

（ⅳ）実際に話をしたか

この点、[redacted]は、被告人が実際に話をしたのは、２回だけであると述べる（第８回公判[redacted]証人尋問調書Ｐ８）。

そしてその１度については、被告人の母親に対する電話である旨を証言する（第８回公判[redacted]証人尋問調書Ｐ８）。

そして２３時０１分に[redacted]弁護士から着信からあるが（検４０号）、何の理由もなく弁護士から被告人の携帯電話に対して電話がなされることはなく、これは[redacted]に対して、被告人が２２時４７分に電話をした結果、折り返しかかってきたと解さざるを得ない。

それゆえ、２２時４７分の[redacted]に対する発信では実際に話をしたことが明らかである。

そして[redacted]自身が弁護士との連絡は、許していたと証言しており、かつかかる[redacted]弁護士からの電話については「不在着信」となっていないのであるから、被告人において、かかる[redacted]弁護士と実際に話しをしていることは明らかである。

このように上記の事実だけからしても、被告人は、３回の電話につき、実際に話をしていることが明らかとなる。

それゆえ、「被告人が実際に話をしたのは、２回だけである」とする[redacted]の証言は、全くの虚偽であることが明らかとなる。

このように[redacted]の証言は、全く信用性がない。

被告人は、携帯電話を利用して外部と自由に連絡を取ることができたものであり、到底、自由を拘束されている状況ではなかった。

また被告人は、平成15年10月31日付で、刑訴法279条に基づいて NTT ドコモ関西に対して、被告人の所持する携帯電話の通話履歴について、照会している。

結局は、かかる照会に基づいては、通話履歴が開示されることはなかったが、仮に被告人おいて真実のところ携帯電話で実際に話したことがないのであれば、かかる照会をすることはあり得ない。

被告人において、携帯電話にて実際に話をした記憶があったからこそ、かかる照会に及んでいるものである。

かかる照会をなした事実からも、被告人が携帯電話で実際に通話をしたことが明らかとなる。

（v）すべての警察官が、電話使用を許可している。

すなわち、検40号証のとおり、被告人は、現行犯逮捕されたとされる時間から、引致を受けるまでの間、携帯電話を使用していた。このように、[redacted]は、被告人に携帯電話の使用を許していた。また同じく検40号証記載のとおり、[redacted]も携帯電話の使用を許していた。

仮に実際に逮捕されたのであれば、携帯電話の使用は許されないことが原則である。

そして逮捕した後に、1名の警察官のみが、被逮捕者に対して携帯電話の使用を許すことが例外的にあったとしても、その後引致を受けた警察官までもが、携帯電話の使用を許可することはあり得ない。

[redacted]自身、通常であれば、携帯電話の使用を認めない旨を証言している（第8回公判[redacted]証人尋問調書P17)。本件では、かかる異常な事態を、[redacted]、[redacted]の両名が許容している。

かかる例外的な措置を2名の警察官ともにとることなど絶対にあり得ないものである。

かかる事実からも、本午後9時45分の時点では、現行犯逮捕がなされていなかったことが明らかとなる。

（ⅵ）話をした相手が弁護人等に限定されていない

被告人は、[redacted]名義の電話と通話をしている。

かかる[redacted]名義の電話は、内妻である[redacted]が利用していた（第１０回被告人供述調書Ｐ１）。

また被告人は、暴力団の関係者であった[redacted]とも電話をしている（第１０回被告人供述調書Ｐ２）。

同様に、暴力団の関係者である[redacted]とも話している。

暴力団の関係者に対して電話をして、お礼参りがなされた場合、警察の責任問題にも波及しかねないものである。

しかも被告人は、興奮した状態であり（第１１回[redacted]Ｐ３）、[redacted]の指示に従わないことも充分に予測できたものである。

仮に既に逮捕がなされていたのであれば、かかる電話は絶対に許されないものである。

（ⅶ）携帯電話使用を許可した理由が不自然

被告人に携帯電話の使用を許可した理由につき、[redacted]は、一方では、「事件的にも被害者、被疑者がはっきりしているので、罪証隠滅のおそれもないと判断した」旨を述べる（第８回公判[redacted]証人尋問調書Ｐ８）。

しかし一方では、「被告人も殴られたようなことを言っておりますし、いわば相被疑者の状態であり、防衛権のこともあり、携帯電話の使用は別に問題ではないと思った」旨を証言し、携帯電話使用を許可した事情につき全く矛盾した説明をする（第８回公判[redacted]証人尋問調書Ｐ１７）。

また「家族に連絡をとりたい」と述べる被疑者は他にもおり、かかる者には通常では携帯電話で連絡をさせないにもかかわらず（第８回公判[redacted]証人尋問調書Ｐ１７）、被告人に対してのみ連絡を許可するのは不自然である。

このように被告人の携帯電話の使用を許可した理由に関する[redacted]の証言は、全く信用性がない。

24

（７）弁解録取が開始された時間が遅い

（ｉ）[redacted]は、弁解録取を開始した時刻につき、午後１０時６分頃であると主張する（検３４号）。

しかし検３４号には、当初は、弁解録取調書の作成日時として、平成１４年１２月１３日午後１１時６分と記載されている。かかる記載が、後に午後１０時６分に訂正されている。

そしてかかる訂正の理由につき、[redacted]は、「当初は弁解録取の終了した時刻を書いた」旨を証言するが（第８回公判[redacted]証人尋問調書 Ｐ３）、以下の理由から全く信用性が認められない。

①[redacted]は、これまでにも２度、弁解録取をおこなっており、そのいずれの場合も、弁解録取の開始の時刻を記入している（第８回公判[redacted]尋問調書Ｐ１３）。

また弁解録取の開始時間を記載するか、終了した時刻を記載するかは、警察官としての基本である。

今回だけ、終了した時刻を記入するのは、不自然極まりない。

また「なぜ３回目の今回だけ、急に、（開始時間を記載するということを）間違えたのですか」との弁護人からの質問に対し、「被告人が興奮していたので、早く弁解録取をとらなければならないということであせっていた」旨を証言する（第８回公判[redacted]尋問調書Ｐ１３）。

しかし実際に、弁解録取の手続が終了したのは、[redacted]の主張によってもその１時間後である午後１１時６分である（第８回公判[redacted]尋問調書Ｐ４）。

しかも、弁解録取の手続が終了する以前に、尿の検査をしていたとのことであるから（第８回公判[redacted]尋問調書Ｐ４）、[redacted]において弁解録取の作成をあせっていた事実は全く認められない。

それゆえ、「焦っていたから終了時刻を記入した」との[redacted]の弁明も、極めて不自然である。

②また弁解録取が終了した時刻を記載した旨を述べ

ておきながら、調書をすべて記載し終わる以前であり、かつ被告人の署名押印をもらう以前の時刻を記入している（[redacted]尋問調書Ｐ１３）。

終了時刻を記入したというのであれば、被告人が署名押印した時点の時間を記入するのが自然であり、少なくとも「弁護人を選任できることはわかりましたが必要ありません」とまで記載し終わった時刻を記入するものである。

それゆえ、弁解録取が終了した時間を記載したとするのであれば、被告人が署名押印した時刻を記載することが通常である。

このように[redacted]の、「午後１１時６分という時間を、弁解録取終了時刻として記載した」との説明は、全く信用性がない。
③また[redacted]は、「弁解録取を一気に書きあげたときに時間をみたら午後１１時６分であった」と、一方では述べる（第８回公判[redacted]尋問調書Ｐ２１）。
しかし他方では、「１１時６分はずっと上から書いているときに書きました」と証言する（第８回公判[redacted]尋問調書Ｐ１４）。

このようにどの段階で１１時６分と記載したのかという点につき、証言内容は変遷しているものであり、かかる点に関する[redacted]の証言内容は、いかにも不自然である。
④その後、終了時間を誤って書いたことに気付き、開始時間に書き直したとの事である。
しかし引致後は、５分ほどは、所持品検査をしていたとのことであり（第８回公判[redacted]尋問調書Ｐ１０）、弁解録取開始時間に書き直すのであれば、引致を受けた５分後を、開始時間として書き直すべきであった。

にもかかわらず、[redacted]は、引致を受けた１分後に書き直しているものであり、上記経過からすると不自然である。

26

（ⅱ）被告人の携帯電話の発信記録によっても、午後１１時１分以降の発信はない。唯一、着信において午後１１時１９分に認められるだけである。

かかる携帯電話の履歴との照合からしても、弁解録取手続が開始されたのは、午後１１時６分頃になってからと解する方が自然である。

被告人も、午後１１時半頃に逮捕されたと供述とする（被告人第７回被告人供述調書Ｐ１０）。

（ⅲ）このように[redacted]が被告人の身柄を引き受けた後、速やかに弁解録取手続が開始されなかったものである。これは、警察署に到着した時点では、被告人は未だ逮捕されていなかったことを示すものである。

（８）[redacted]供述の信用性

上記のとおり、[redacted]の証言する内容には、不自然な点が数多く認められるが、さらに以下の点においても不自然である。

すなわち、[redacted]の[redacted]での額の傷につき、「反対側の額の形からすれば腫れている感じであった」旨をのべる（[redacted]証人尋問調書Ｐ１０）。

しかし医師[redacted]の証言では、その翌日に診断したところ、[redacted]の顔が腫れていたというような事実は全くないと証言するものである。

また[redacted]は、現行犯逮捕をした際、被告人が「話だけしたらすぐに帰れるんやろうな」という話をした旨を証言する（[redacted]証人尋問調書Ｐ１６）。

しかし現行犯逮捕された者が、「話だけしたらすぐに帰れるんやろうな」等と述べること自体が不自然である。

また「話だけしたらすぐに帰れるんやろうな」との被告人の発言に対して、「そんなわけないやろう」と[redacted]が述べれば、当然に、被告人において出頭を拒否することが予想される。

しかし被告人は、自らパトカーに乗り込んだというのであるから、[redacted]において「そんなわけないやろう」とは述べていない蓋然性が極めて高いものである。

また[redacted]は、所持品検査後は、一切、携帯電話を所持使用させていないことを述べるが、携帯電話の通話履歴によると、午後１０時１分に電話を着信している。

そしてかかる事実につき、公判廷で指摘されるや、[redacted]は無意識で当たったことにより、電話を取ったことになっているかもしれないなどと証言する（[redacted]証人尋問調書Ｐ２５）。

しかし電話がかかってきたと同時に、偶然に通話開始のボタンが押されることなどありえるはずもない。

このように「被告人がパトカーに乗った後には、被告人に携帯電話及びセカンドバックに触れさせなかった」旨の[redacted]の証言は、全く信用性がない。

（９）[redacted]証言内容の信用性

上記記載のとおり、[redacted]証言には、不自然な点が認められるが、それ以外にも以下のような不自然な点が認められる。

すなわち、[redacted]が現行犯逮捕をしたとされる状況については、[redacted]の発した言葉の内容まで記憶している（[redacted]証人尋問調書Ｐ５）。

しかし所持品検査をしたかどうか（[redacted]証人尋問調書Ｐ１２）、被告人がどのようにパトカーに乗ったかどうか（[redacted]証人尋問調書 Ｐ１０）、携帯電話で被告人が電話をしていたかどうか（[redacted]証人尋問調書Ｐ１２）等の点については、全く記憶を有していないものである。

このようにいわば捜査官にとって有利な部分のみ記憶しており、他の部分については記憶がないというのは不自然極まりないものである。

（１０）被告人供述内容の合理性

被告人は、平成１４年１２月１３日午後９時４５分頃においては、「とりあえず本署まできて事情をきかせてくれ」と言われたのみである。（第７回公判被告人供述調書Ｐ２）。

その任意同行を要求された理由として、被告人は、「警察官が、被告人自身も頭から血を出しているので」等と言ったと供述する（第７回公判被告人供述調書 Ｐ６）。このようにかかる点に関する被告人の供述は具体的である。

またその際、「任意同行」という言葉を警察官が述べていた旨を、被告人は述べる（第７回公判被告人供述調書Ｐ２）。

かかる点に関する被告人の供述は、一貫している。すなわち、かかる現行犯逮捕の要件が争点となる以前の被告人質問においても、被告人自身は、「逮捕されたというよりは、任意同行で和泉署へ行ったのです」と供述している（第５回公判被告人供述調書Ｐ１）。

このように任意同行であったという被告人の主張は、一貫しており、信用性が高い。

また被告人には、覚せい剤の容疑がかけられていたようであり、かかる容疑をかけていたことは、[redacted]自身も認めている（第８回公判[redacted]証人尋問調書Ｐ２０）。

そして通常であれば、弁解録取手続が終了するまでに、余罪について取調べをすることはあり得ないにもかかわらず、弁解録取手続終了まで、尿の任意提出を求めていたとのことである（第８回公判[redacted]証人尋問調書Ｐ２０）。

かかる経過は、極めて異常であり、むしろ、かかる時点では傷害については逮捕がなく、任意同行のうえ覚せい剤について事情を聞かれていたと解する方が素直である。

そして被告人は、「尿の任意提出を断ったなら、逮捕された」と述べる。かかる具体的な経過は、実際に経験したものでなければ供述しえないものであり、かかる点に関する被告人の供述内容は、極めて信用性が高い。

（三）結語（現行犯逮捕なし）

以上の事実からして、本件においては、午後９時４５分の段階では、現行犯逮捕がなされなかったものである。

にもかかわらず、その後、通常逮捕、緊急逮捕等がなされることなく、身柄拘束が継続されたものであり、その違法は重大である。

２、身柄の拘束状態の消滅

仮に、一旦は午後９時４５分に逮捕がなされたと評価される場合においても、以下の理由により、「身柄の拘束状態」は、その後、消滅したものであり、その段階で速やかに釈放されるべきであった。

すなわち、犯罪捜査は密行性を要するところ、被疑者が取調べ警察官の同席する警察の取調室から何度も外部に架電したことは強制捜査の体裁をなしておらず、外部に架電した段階から被疑者の「身柄の拘束」はなされていなかったものと解するのが相当である。

それゆえ、被告人が、携帯電話を何度も使用したことにより、その段階で、速やかに釈放されるべきであった。

にもかかわらず、その後、通常逮捕、緊急逮捕もなされることなく、身柄拘束が継続されたものであるから、本件手続は、違法である。

平成１１年3月２５日徳山簡易裁判所判決(判例時報１７０６号１０５頁）も同様の判断をしている。

3、弁解録書手続違法

（1）総論

仮に被告人が午後9時４５分に現行犯逮捕されていたとしても、本件おいては、逮捕直後に被告人の弁解を聞く機会が実質的には与えられておらず、その手続に違法がある。

すなわち、司法警察員は、逮捕された被疑者を受けとったときは、直ちに、犯罪事実の要旨及び弁護人選任権を告知し、弁解の機会を与えなければならない(刑訴法２０３条)。

そしてかかる弁解録取の手続が違法であることにより、その後の身柄拘束自体が、違法性を帯びる。

それゆえ、かかる身柄拘束期間中に収集された関係各証拠も、その証拠能力を有しないものである。

（2）弁解録取中の尿採取

仮に[redacted]の主張するとおり、午後１０時6分に弁解録取の手続が開始され、その後午後１１時6分に弁解録取の手続が終了したとしても、被告人は、上記午後１０時6分から午後１１時6分の間に、本件被疑容疑とは無関係の覚せい剤使用の疑いで尿検査をされている。

要求

弁解録取とは、逮捕された被疑者に対して、直ちに犯罪事実の要旨及び弁護人選任権を告知することにより、被疑者の防御権を確保するための重要な手続である。

そして[redacted]主張を前提にすると、かかる弁解録取の手続の最中に、尿検査を行ったものである。

尿検査を行うに当たっては、当然に、覚せい剤についての取調べがなされていることが前提である。

結局のところ、本件においては、傷害罪についての犯罪事実の要旨及び弁護人選任権があることの告知が終了する以前に、別件である覚せい剤使用の容疑で尿検査を要求されていることになる。

かかる手続の違法は、令状主義の精神を没却するものであり、極めて重大な違法といわざるを得ない。

そして本件では、[redacted]主張を前提としても、引致後、1時間を経過してはじめて実質的に弁解録取の手続を行ったものであり、かかる手続が違法なものであることに疑いはない。

東京地裁平成9年11月21日判決（判例時報1047号128頁）においても、速やかに弁解録取をなさなかったことにつき、違法であるとの判断がなされている。

4、結語（手続の適正に関して）

このように本件においては、現行犯逮捕の要件を欠き、かつ弁解録取も違法なものであった。

かかる違法な現行犯逮捕である以上、逮捕手続は有効なものではなく、逮捕前置の原則からすれば、その後の勾留手続もすべて無効である。

またかかる違法な弁解録取に引き続き、被告人は身柄を拘束されたものであるから、その後の身柄拘束も当然に違法性を帯びるものである。

そしてかかる違法な身柄拘束に基づいて収集された関係各証拠は、証拠能力を有しないものである。

第3、結論

以上の事実からして、被告人の身柄拘束中に収集された証拠に証拠能力はなく、それ以外の証拠からは、本件公訴事実を認定することはできない。よって被告人は、無罪である。
また被告人において、[redacted]に対して暴行を加え傷害を負わせた事実は存しないのであるから、本件につき、傷害罪が成立することはそもそもあり得ないものである。

以上

受付
大阪刑務所
16.4.29
第 284 号

平成１６年４月２８日判決言渡　同日原本領収　裁判所書記官

平成１６年(ワ)第３０４２号　損害賠償請求事件

口頭弁論終結日　平成１６年４月１９日

判　　　　決

大阪府堺市田出井町６番１号　大阪刑務所内

原　　　　告　　　　中　林　和　男

東京都千代田区霞が関一丁目１番１号

被　　　　告　　　　国

同代表者法務大臣　[redacted]

同指定代理人　[redacted]

同　[redacted]

同　[redacted]

同　[redacted]

同　[redacted]

同　[redacted]

同　[redacted]

同　[redacted]

同　[redacted]

同　[redacted]

同　[redacted]

同　[redacted]

主　　　　文

1　原告の請求を棄却する。

2　訴訟費用は原告の負担とする。

- 1 -

事　実　及　び　理　由

第１　請求

被告は，原告に対し，５０００円を支払え。

第２　事案の概要

１　事案の要旨

本件は，大阪刑務所に在監中である原告が，風呂に入れてもらえなかったり，些細なことで懲罰を受けさせられ，刑務官からボールペンを投げつけられたりし，保護房に入れられている時に毛布１枚しか貸与されず，また，書籍の購入も認めてもらえなかったなどとして，精神的苦痛を受けた旨主張し，国家賠償法１条１項に基づき，国に対して損害賠償請求を行った事案である。

２　争いのない事実

(1)　原告は，現在傷害事件で大阪刑務所に勾留中であるところ，平成１６年１月６日，岸和田拘置支所から大阪刑務所に移監された。同日は，岸和田拘置支所では入浴日であったが，大阪刑務所では入浴日ではなく，原告は，看守に入浴を申し入れたが，シャワーしか許されなかった。

(2)　原告は，平成１６年１月２１日，他の者と口論をしたことで，懲罰（軽屏禁１０日・文書図画閲読禁止併科）を受けた。

(3)　平成１６年２月６日，[redacted]看守部長（以下「[redacted]」という。）がボールペンを原告の居室内に投げ入れたところ，同居室内の東側の壁に当たって落ちた。

その後，原告は，ボールペンが壊れて，破片が右目に入った旨苦情を言ったことから，医務部で受診したが，特段の異常はなかった。

(4)　原告は，平成１６年２月２７日から同年３月２日まで保護房に入れられていたところ，布団上下を入れてもらえず，初日には，毛布１枚が貸与されたのみであった。

(5) 原告は，[redacted]に対し，平成１６年３月２日，本を購入したいので願せんが欲しいと申し出たが，認められなかった。前回の懲罰時には，原告は本を購入することができた。

3 争点

本件の争点は，原告が主張する大阪刑務所の職員による違法，不当な行為が行われた事実があったのかどうかである。

4 争点に対する当事者の主張

（原告の主張）

(1) 入浴について

原告は，平成１６年１月６日，岸和田拘置支所から大阪刑務所に移監された。同日は，岸和田拘置支所では入浴できる日であり，そのことを大阪刑務所の職員に申し入れると，そんなもん知るかい，送られてきた人間は全てその日はシャワーで済ませていると言われ，風呂に入れてもらえず，シャワーで済まされてしまった。

在監中の者は，週２回しか入れない風呂が何よりの楽しみであり，風呂に入れなかった精神的苦痛は計り知れない。

(2) 懲罰について

原告は，平成１６年１月２１日，他の者と口論をしたという些細なことで懲罰（軽屏禁罰等）１０日を受けた。他の拘置所なら懲罰の対象にならないもので，現実に，原告が岸和田拘置支所で同じ口論をしたが，その時は，訓戒で済んでいる。

このことは，原告が態度が大きいからといって差別処遇をしたものである。

(3) 傷害等について

平成１６年２月６日，[redacted]という悪徳刑務官が，原告の態度が気に入らないと言って，感情的になって，ボールペンを壁に思いっきり投げつけ，ボールペンが壊れて，その破片が原告の目に当たった。

原告は，医者に目を診てもらったが，異常はなかった。

[redacted]は，原告に謝らないどころか，「お前ぶち殺したるからな。」などと言った。

(4) 保護房での措置について

原告は，平成１６年２月２７日，大声も出していないのに，[redacted]が非常ベルを押して，多数の刑務官に引きずり回され，同年３月２日まで保護房に入れられた。

その際，原告が大便をしたのに，職員が水洗を故意に流さなかったので，原告は，その大便を壁に塗りつけた。

すると，定年前の専門官一人の判断で，真冬なのに，布団上下や枕を入れてもらえず，毛布が本来３枚必要なのに，１枚しか入れてもらえず，原告は，寒さで風邪をひいてしまった。

以上の行為は，人権侵害である。

(5) 本の購入について

原告は，[redacted]に対し，平成１６年３月２日，本を購入したいので願せんが欲しいと申し出たが，原告には本を買わせるなという指示があったということで認められなかった。前回の懲罰時には，原告は本を購入することができたことから，いじめに他ならない。

原告が読みたい本は，月刊誌なので，懲罰が終わる４０日後では，月が変わってしまうため，購読ができなくなってしまう。

(6) 速達の件について

原告が速達で発信した手紙を，大阪刑務所は，速やかに発送しなかったり，現金の差し入れについての指印を取りに来るのを遅らせた。

(7) [redacted]の話の件について

[redacted]は，他の刑務官と「担当にチンコロした中林君イジメられっこで有名な中林君」などと話していたり，原告が，平成１５年４月１５日，便せんを購入するため願せんを申し出たが，まだ便せんがあるという理由で受け付けなかった。

（被告の主張）

(1) 入浴について

平成１６年１月６日，原告が岸和田拘置支所から大阪刑務所に移監された日は火曜日で，大阪刑務所では入浴日（月曜日，木曜日）ではなく，所長指示第１４号（乙１）では，収容開始の手続として，シャワーを使用して入所時の洗体を行わせる規定となっており，同規定により原告にシャワーを使用させたもので，違法な点はない。

(2) 懲罰について

原告は，平成１６年１月８日，４階４０４号室を通りかかった際，同室に向かって「何見とんじゃ，向こう向いとけ。」と大声で怒鳴りつけ，これに立腹した同室の刑事被告人が「やかましいわ。」と大声で言い返した。

上記口論をしたことで，大阪刑務所では，同月２０日，懲罰手続規程に基づいて，原告を懲罰審査会に付し，容疑事実を告知して弁解の機会を与え，原告を軽屏禁１０日（文書図画閲読禁止併科）と決定し，翌２

１日懲罰を実施した。

岸和田拘置支所において，原告が口論を行った際は，違反行為が初めてであり，反省の情も認められたことから，懲罰に科さないことが相当と認められ，主任訓戒になったに過ぎない。

(3) 傷害等について

平成１６年２月６日，原告が情願書の進達手続き終了後，私物のボールペンを居室前の廊下に投げ出し，[redacted]主任（以下「[redacted]」という。）が「これは君のボールペンだろ。」と言い，原告の前に置いたが，原告は，にやにや笑いながら，再度ボールペンを廊下に投げ出した。

[redacted]は，「投げるのはやめろ。」と指示して，これを拾い上げて原告の前に置いたが，その後も原告は，同様の行為を繰り返し，４回目に原告がボールペンを投げた際，[redacted]がこれを拾い上げ，無言で居室の壁方向に投げ入れ，壁に当たり畳の上に落ちたが，破損するような状態ではなく，[redacted]は扉を閉めて居室から離れた。

ところが，その後，原告は，[redacted]に対し，ボールペンが壊れて，破片が右目に入った旨苦情を言ったことから，医務部で受診したが，特段の異常はなく，経過観察となった。

[redacted]は，原告に対し，思いっきり投げていない，思いっきり投げていたらあれぐらいじゃすまん等と反論したが，「お前ぶち殺したるからな。」などと言ったことはない。

(4) 保護房での措置について

平成１６年２月２７日，[redacted]が原告の居室で湯茶を注いでいた際，原告が「ごくろんさん，しんいち。ごくろうさん。」等と反復して大声で発し続けており，[redacted]が制止しても従わず，「ごくろんさん。しんちゃん。とおるちゃん。」等と大声で発し続けたため，[redacted]が非常ベルを押し，多数の職員が急行したが，原告は，なおも制止に従わず，大声を発し続けた。

上記の行為について，[redacted]は，「戒具の使用及び保護房への収容について（通達）」７・(1)・エに該当し，かつ，普通房に収容することが不適法であって，保護房収容の要件を充たすものと判断し，原告を保護房に収容した。

収容の際，原告は，大便を房内の壁や視察孔に塗りつけ，職員が布団一式を貸与しようとすると，便らしき物を手に持って，「入ってきたら投げるぞ。」と放言したため，開扉できず，収容１日目は，就寝時に毛布１枚，２日目には，毛布２枚と枕１個を同房の食器孔から貸与したが，布団は貸与しなかった。

また，職員が保護房の水洗便器の水を故意に流さなかった事実はない。

原告を保護房に収容している間，保護房には床暖房が施されており，保護を解除した後の医務巡回においても，原告から風邪をひいた等の申出はなかった。

(5) 本の購入について

原告は，平成１６年２月２７日から軽屏禁罰等４０日の懲罰の執行を受けていたところ，同年３月２日，[redacted]に対し，本の購入を申し出た。

[redacted]から報告を受けた[redacted]は，懲罰が４０日で長期間本の閲読が不可能で，早急に購入しなければ入手できない等の具体的理由も申告していなかったことから，懲罰終了後でもよいのではないかと[redacted]に伝え，[redacted]がその旨原告に伝えると，前には許可してもらっていたなどと不服そうにしていた。

その後，再度検討し，同月２６日，購入を受け付ける旨伝えたが，原告は，これを拒否した。

更に，同月２９日，再度，購入の意思を確認したところ，原告は，本３冊を購入する手続きをとった。

(6) 速達の件及び[redacted]の話の件はいずれも争う。

(7) 以上から，原告が主張する大阪刑務所の職員による違法，不当な行為が行われた事実はない。

第３　当裁判所の判断

１　入浴について

争いのない事実，証拠（乙１，２）及び弁論の全趣旨を総合すると，次の事実が認められる。

(1) 平成１６年１月６日，原告が岸和田拘置支所から大阪刑務所に移監された日は火曜日で，岸和田拘置支所では入浴日であったが，大阪刑務所では入浴日（月曜日，木曜日）ではなく，未決拘禁者の収容に関する所長指示第１４号（乙１）では，収容開始の手続として，シャワーを使用して入所時の洗体（洗髪を含む。）を行わせる規定となっており，同規定により，原告にはシャワーの使用が行われ，入浴は実施されなかった。

(2) 原告は，「週２回の風呂やのに，なんでシャワーだけでっか。訴訟しますわ。」等と言っていた。

以上の事実に照らすと，入所時に原告に対してシャワーのみ実施された措置は，大阪刑務所では入浴日でもなく，所定の手続に従って行われたもので，違法な行為とはいえない。

２　懲罰について

争いのない事実，証拠（乙３ないし６）及び弁論の全趣旨を総合すると，次の事実が認められる。

原告は，平成１６年1月８日，運動場に行くために4階４０４号室を通りかかった際，同室に向かって「何見とんじゃ，向こう向いとけ。」と大声で怒鳴りつけ，これに立腹した同室の刑事被告人が「やかましいわ。」と大声で言い返した。

上記原告が口論をしたことで，大阪刑務所では，同月２０日，懲罰手続規程４条２号に基づいて，原告を懲罰審査会に付し，同規程５条１項に基づいて，原告に容疑事実を告知して弁解の機会を与えたところ，原告が容疑事実を認めたため，同審査会の意見をとりまとめ，原告を軽屏禁１０日・文書図画閲読禁止併科と決定し，翌２１日懲罰を実施した。

この点，原告は，些細なことであり，他の拘置所なら懲罰の対象にならないもので，現実に，岸和田拘置支所で同じ口論をしたが，その時は，訓戒で済んでいるもので，差別処遇である旨主張している。

しかしながら，原告の上記行為は，明らかに刑務所内の秩序を乱すもので，証拠（乙４）によれば，岸和田拘置支所で行われた口論の際も，懲罰手続規程により取り調べが行われたが，違反行為が初めてであり，反省の情も認められたことから，懲罰に科さないことが相当と認められ，主任訓戒になったに過ぎないことが認められ，口論が常に訓戒措置となるとも認められない。

以上から，原告の上記違反行為に対して，必要な手続きが踏まれて決定された懲罰が，不当であるとか，差別処遇であるとはいえず，上記措置に違法な点はない。

3　傷害等について

争いのない事実，証拠（乙７ないし９）及び弁論の全趣旨を総合すると，次の事実が認められる。

(1) 平成16年2月6日，原告が情願書の作成手続きを終了し，その進達手続きを願い出たことから，[redacted]文人看守部長が原告の居室に赴き，進達手続きが終了したところ，原告が私物のボールペンを居室前の廊下に投げ出し，[redacted]が「これは君のボールペンだろ。」と言い，座っている原告の前に置いたが，原告は，にやにや笑いながら，再度ボールペンを廊下に投げ出した。

[redacted]は，「投げるのはやめろ。」と指示して，これを拾い上げて原告の前に置いたが，その後も原告は，同様の行為を繰り返し，4回目に原告がボールペンを投げた際，[redacted]がこれを拾い上げ，直ぐに投げ出せないよう，無言で居室の壁方向に投げ入れ，ボールペンが壁に当たり畳の上に落ち，[redacted]は扉を閉めて居室から離れた。

ところが，その後，原告は，[redacted]に対し，ボールペンが壊れて，破片が右目に入った旨苦情を言ったことから，[redacted]がボールペンを調べると，ネジ部分が欠けていた。原告は医務部で受診したが，特段の異常はなく，経過観察となった。

(2) その後，原告が[redacted]に対し，何でボールペンを思いっきり投げたのか申し出たため，[redacted]は，原告に対し，思いっきり投げていない，思いっきり投げていたらあれぐらいじゃすまん等と反論した。

ボールペンが破損した原因は特定できないが，原告に同種のボールペンが支給された。

以上の事実に照らすと，そもそも[redacted]がボールペンを投げ入れざるを得なかったのは，原告の不当な行為が原因であり，また，上記[redacted]の行為により，ボールペンが破損したことを認めるに足りる証拠はなく，医務部での診察によっても，右目の異常はなかったことから，破損によってボールペンの破片が原告の右目に入ったことを認めることもできない。

また，[redacted]が原告に対し，思いっきり投げていたらあれぐらいじゃすまん等と反論したことは認められるものの，「お前ぶち殺したるからな。」などと言ったことを認めるに足りる証拠はない。

以上から，[redacted]の行為が違法であるとか，原告が負傷した事実を認めることはできない。

4　保護房での措置について

争いのない事実，証拠（乙１０，１１，１２の１ないし５）及び弁論の全趣旨を総合すると，次の事実が認められる。

(1)　平成１６年２月２７日，[redacted]が原告の居室に赴き，ステンレスポットに湯茶を注いでいた際，原告が「ごくろんさん，しんいち。ごくろうさん。」等と反復して大声で発し続けており，[redacted]が「静かにしろ。」と制止しても従わず，「ごくろんさん。しんちゃん。とおるちゃん。」等と大声で発し続けたため，[redacted]が非常ベルを押し，多数の職員が急行したが，原告は，なおも制止に従わず，「ごくろうさん。ごくろうさん。俺が中林や。」等と大声を発し続けた。

(2)　上記の行為について，[redacted]は，「戒具の使用及び保護房への収容について（通達）」７・(1)・エ（職員の制止に従わず，大声又は騒音を発する者）に該当し，かつ，普通房に収容することが不適法であって，保護房収容の要件を充たすものと判断し，原告を保護房に収容した。

(3)　保護房収容の際，原告は，「こっぱ役人が覚えとれ。」などと大声で怒鳴り，「クソ塗ったるからな。」と言い，大便を房内の壁や視察孔に塗りつけ，職員が布団一式を貸与しようとすると，便らしき物を手に持って，「入ってきたら投げるぞ。」と放言したため，開扉できず，収容1日目は，就寝時に毛布1枚，2日目には，毛布2枚と枕1個を同房の食器孔から貸与したが，布団は貸与しなかった。

原告を保護房に収容している間，室内の温度は，午前零時時点で約12℃であり，保護を解除した後の医務巡回においても，原告から風邪をひいた等の申出はなかった。

以上の事実に照らすと，原告の保護房への収容は，上記通達の規程の要件を充たし，違法なものではなく，布団を貸与できなかったのも，上記原告の行為が原因で開扉できなかったもので，合理的理由があり，その後，必要な毛布等を同房の食器孔から貸与し，室内温度をも考慮すると，違法，不当な行為があったとは認められない。

また，上記事実経緯から，原告は，保護房に入れられた反発から，自らの大便を壁に塗ったり，投げようとしていたもので，職員が保護房の水洗便器の水を故意に流さなかった事実を認めることはできない。

5　本の購入について

争いのない事実，証拠（乙7，13の1ないし3）及び弁論の全趣旨を総合すると，次の事実が認められる。

(1)　原告は，平成16年2月27日から軽屏禁罰等40日の懲罰の執行を受けていたところ，同年3月2日，[redacted]に対し，本の購入を申し出た。

[redacted]がその旨[redacted]に報告したところ，[redacted]は，懲罰が40日で長期間本の閲読が不可能で，早急に購入しなければ入手できない等の具体的理由も申告していなかったことから，懲罰終了後でもよいのではないかと[redacted]に伝え，[redacted]がその旨原告に伝えると，原告が前には許可してもらっていたなどと不服そうにしていた。

(2) その後，再度検討し，同月２６日，[redacted]が購入を受け付ける旨原告に伝えたが，原告は，「訴訟するからええ。」と言って，これを拒否した。

(3) 更に，同月２９日，再度，[redacted]が原告に購入の意思を確認したところ，原告は，本３冊を購入する手続きをとった。

以上の事実に照らすと，当初，本の購入を即座に受け付けなかったことについては，一応の理由が存在し，その後，同月内に，受け付ける旨伝えたにもかかわらず，原告が拒否し，その３日後，現実に原告から本３冊の購入を受け付けていることが認められ，上記一連の行為から，職員の措置が違法，不当なものであったとは認められない。

6　速達の件及び[redacted]の話の件について

上記主張の事実については，これを認めるに足りる証拠がなく，上記事実は，第１回口頭弁論期日の直前に突然追加された事実であり，上記一連の認定事実から，信用性は低いと考えられ，また，速達が事務手続き上多少遅れたり，便せんの買い置きがあるので，新たな購入を受け付けなかったとしても，これをもって職員の措置が違法，不当ということはない。

7　以上から，原告が主張する大阪刑務所の職員による違法，不当な行為が行われた事実は認められず，原告の請求は理由がないため，これを棄却することとし，主文のとおり判決する。

大阪地方裁判所第２３民事部

裁判官　[redacted]

5-435
2035

平成16年10月1日判決言渡　同日原本領収　裁判所書記官　稲葉　浩

平成16年(ワ)第61号　慰謝料請求事件

口頭弁論終結日　平成16年7月2日

判　　　　　　　　決

大阪市都島区友渕町1丁目2番5号　大阪拘置所在監中

原　　　　　　告　中　林　和　男

東京都千代田区霞が関1丁目1番1号

被　　　　　　告　国

同代表者法務大臣　[redacted]

同指定代理人　[redacted]

同　[redacted]

同　[redacted]

同　[redacted]

同　[redacted]

同　[redacted]

同　[redacted]

同　[redacted]

同　[redacted]

同　[redacted]

同　[redacted]

主　　　　　　　　文

1　原告の請求を棄却する。

2　訴訟費用は原告の負担とする。

事　実　及　び　理　由

第1　請求

被告は，原告に対し，金5000円を支払え。

1

第２　事案の概要

本件は，大阪刑務所（拘置所）に被告人として勾留されていた原告が，同刑務所職員の行為によって精神的苦痛を受けたと主張して，被告に対し，国家賠償法１条１項に基づき，慰謝料の支払を求めた事案である。

１　前提事実（争いのない事実及び証拠等により容易に認められる事実）

原告は，勾留（未決勾留）されている被告人であり，平成１６年１月７日ないし同月１３日当時，大阪刑務所に収容されていた。

原告は，平成１６年１月７日，入所時健康診断（以下「本件健康診断」という。）のため，大阪刑務所内の医務部診察室に連行された。

原告は，平成１６年１月１３日の午前中の医務巡回受付の際，担当の看守部長[redacted]（以下「[redacted]看守部長」という。）に対し体調不良を訴えた。そこで，准看護士の資格を持つ保健助手看守部長[redacted]（以下「[redacted]保健助手」という。）が，[redacted]看守部長とともに，医務巡回のため，原告の居室を訪れた（氏名及び肩書等につき，乙６，７。以下この医務巡回を「本件医務巡回」という。）。

２　原告の主張（請求原因）

(1)　本件健康診断の際に礼等の動作を強制されたこと

原告は，本件健康診断の際，合計６回にわたり，「気を付け」「礼」「直れ」という号令を軍隊口調で掛けられ，原告がこれを拒否していると，職員４人掛かりで無理矢理に医師に対して気を付け，礼，直れをさせられた。

(2)　本件医務巡回の際の投薬の拒否及び暴言

ア　本件医務巡回の際，原告は，発熱しており体温が３８℃あったにもかかわらず，[redacted]保健助手は，原告の態度が悪いという理由だけで原告に対して薬を処方しなかった。

さらに，[redacted]保健助手は，原告に対し，「お前なんぼのもんじゃい勝負したるからかかってこい，ようかかってこんのんかい根性ないのう，中林かかってこい，お前口だけかい根性なしい。」などと数々の暴言を吐いた。

イ　原告が[redacted]保健助手に対して「拳銃でど頭弾いたるからな」と言ったことはない。[redacted]保健助手が「かかってこい。」と言うので，原告は，「ピストル突き付けたら逃げていくのにそんなことを言うな。」と言ったまでである。被告は，[redacted]保健助手が「かかってこい。」等の暴言を吐いたことは認めている。刑務官は，どんなに拘禁者の態度が悪かろうと，「かかってこい。」等の暴言は，国家公務員のモラルとして言うべきではない。原告は，[redacted]保健助手と口論になったことで懲罰という不利益を受けているところ，被告も，同保健助手が刑務官にあるまじき暴言を吐いたことを認めているのであるから，被告が，原告同様「不利益」を受けるのは当然である。

また，被告の主張どおり，原告の熱が３７℃であったとしても，投薬をし，入浴を中止させるのが刑務官の務めである。

以上から，被告の主張を前提としても，被告の責任は疑う余地がない。

(3)　原告は，前記(1)及び(2)アの大阪刑務所職員の行為によって精神的苦痛を被ったので，被告に対し，慰謝料５０００円の支払を求める。

3　被告の主張

(1)　本件健康診断の際に礼等の動作を強制したとの主張について

ア　本件健康診断の際，診察室出入口付近において，警備担当職員看守部長[redacted]が，原告に対し「気を付け」，「礼」，「直れ」の号令を掛けたところ，原告は，この号令に対して少し頭を前に下げて診察室内に入った。

診察室内では，原告の他，大阪刑務所の医師及び職員３名が立会していた。

原告が医師の面前に立った際，立会職員の一人である看守部長[redacted]が，原告に対し「気を付け」，「礼」と号令を掛けたが，原告は，この号令に対する各諸動作を執らなかった。

このように，本件健康診断の際の号令は，診察室入室時と医師の面前時の合計２回だけであり，合計６回号令を掛けられたとの原告の主張は，事実に反する。また，大阪刑務所職員らが原告に対して各諸動作を強制した事実はない。

イ　原告を含む未決拘禁者に対する診察時の入退室に係る号令は，診察を受ける患者として，一般常識の範ちゅうのものであり，挨拶を行うか否かは，あくまでも任意のものであって，職員の号令は，各諸動作を強制したものではない。

(2)　本件医務巡回の際の投薬の拒否及び暴言の主張について

ア　事実関係

(ア)　原告は，平成１６年１月１３日午前８時ころにされた本件医務巡回の受付の際に，[redacted]看守部長に対し，頭痛，鼻痛，腰痛及び歯痛を訴えたため，同人は，その旨を備薬使用簿に記載した上，[redacted]保健助手に引き継いだ。

(イ)　同日午前８時３０分ころ，[redacted]看守部長及び[redacted]保健助手が，原告の居室に赴き，[redacted]看守部長が，次いで[redacted]保健助手が，称呼番号と氏名を申し出るように原告に指導した。

これに対し，原告は，[redacted]保健助手に対し，「お前，わしの名前知ってんのに何で聞くんじゃ。」，「わしは，今のんで気分を害したから訴えるさかい。お前の名前教えんかい。」等と放言した。

[redacted]看守部長及び[redacted]保健助手が，原告に対し，「熱はあるのか。」と症状の確認を行ったところ，原告は「３７度や。」と述べ，さらに興奮した口調で「お前，名前何て言うんや。」等と自己の症状とは無関係のことを執拗に言い続け，症状等の確認ができない状況であったことから，同保健助手は，原告に係る医務巡回を一旦打ち切り，他の被収容者

の医務巡回に向かった。

(ウ) [redacted]保健助手は，同日午前9時5分ころ，再度原告の居室に赴き，[redacted]看守部長の立会いの下で症状を聴取したところ，原告は「のどや。のど焼き（ルゴール消毒を指す。）してくれ。」等と訴えた。そこで，[redacted]保健助手が備薬使用簿を確認したところ，「のどの痛み」を訴えたとの記録がなかったので，原告に対し「朝の医務巡回受付時，担当職員にのどの痛みを申し出たのか。」等と問い掛けた。

これに対し，原告は「今，のどが痛いから言うとんや。のど焼きしてくれ。」等と大声で訴えたため，[redacted]保健助手は，「次からは，朝の医務巡回受付時に申し出るように。」等と指導した上，原告ののどの状態を確認したところ，扁桃腺の肥大や発赤等の症状も認められなかったことから，「特に腫れもない。うがいを励行するように。」等と指導した。

これに対し，原告は，「そんなところからじゃ見えへんやろ。」と述べ，さらに「のど痛い言うてるんやから，のど焼きせえや。この前は言うたらやってくれとったで。」等と述べたため，[redacted]保健助手が原告に対し「ここからでも見えてるよ。腫れてもないし，赤くもなっていないのに，のど焼きする必要はない。」等と回答した。

原告は，興奮した口調で「何もなっていないやって。痛い言うとんのや。のど焼きせえや。お前，名前なんて言うんや。」等と大声で放言したため，[redacted]保健助手が原告に「関係のないことは言わなくてもよい。他の症状はいいのか。」等と問い掛けたが，原告は「お前，名前なんて言うんじゃ。名前もよう名乗らんのか。根性なしが。ここの職員は皆同じじゃ。」等と放言した。そのため，[redacted]看守部長が原告に対し「中林，症状だけを言うたらええんや。」と指導したが，なおも原告はこの指導に従わず，[redacted]保健助手の方に腰を浮かせるようにして身を乗り出しながら，巻き舌で，「お前，嫌がらせか。嫌がらせでせえへんのやったら，シャバに出てから拳銃でど頭弾いたるからな。」等と大声で暴言を吐いた。これに対して，[redacted]保健助手が，原告に対し「かかってくるんやったら，かかってこい。お前，口だけかい。ようかかってこんのかい。根性ないのう。」等と言い返した。

その後，[redacted]保健助手は，原告の訴えた「頭痛」，「鼻痛」，「腰痛」及び「歯痛」等についての症状を確認しようとしたが，原告は，同保健助手に対して「お前に見てもらうんやったら，いらんわ。早よ，帰れ。」等と大声で放言するなど，症状の確認を拒否する態度であったため，同保健助手は，「他に何もないのか。ええんやな。」と他の症状がないか念を押した上，医務巡回を終えた。

その後，[redacted]保健助手の報告を受けた医師の指示により，原告については経過観察とされた。

イ　投薬等の拒否について

本件医務巡回に関する事実経過は前記アのとおりであって，原告は，体温について３７℃と申告したものである。また，[redacted]保健助手は，原告との言葉のやり取りの後，最終的に「頭痛」，「鼻痛」，「腰痛」及び「歯痛」等の症状を確認したが，原告がその症状を全く申し出なかったため，原告に対する医務巡回を終了し，その旨報告を受けた医師の指示により経過観察となったのであって，同保健助手の判断で投薬を拒否した事実はない。

ウ　暴言について

前記アのとおり，[redacted]保健助手が「お前，口だけかい。ようかかってこんのかい。根性ないのう。」等と発言したのは事実である。しかし，これが法律上の不法行為となるかどうかについては，やり取りを全体として観察し，その発言がされた前後の経緯，状況，その他一切の事情を比較検討して判断しなければならないところ，[redacted]保健助手は，原告が威圧的な態度で脅迫的な言辞に出たことに誘発されて上記言辞に出たものであり，発言内容にいささか相当性を欠く点はあったとしても，不法行為を構成すべき違法性は認められないというべきである。

第３　当裁判所の判断

１　本件健康診断の際に礼等の動作を強制されたとの主張について

原告は，本件健康診断の際，原告が号令に従った動作を拒否していると複数の大阪刑務所職員が無理矢理その動作をさせた旨主張し，原告本人は，これに沿う供述をする。しかし，原告の供述を裏付けるに足りる客観的証拠はなく，原告主張の事実を否定する証拠（乙４，５）と対比して，採用することができない。他に，原告が複数の職員に無理矢理に気を付け，礼，直れの各動作をさせられたと認めるに足りる証拠はない。

なお，大阪刑務所職員が原告に対して「気を付け」「礼」「直れ」との号令を掛けたことは，当事者間に争いがないが，上記号令は，直接強制力を行使する措置ではなく，また，被収容者の医師に対する礼法として姿勢を正して礼をするよう号令を掛けることは，規律維持の点からも合理性があり，違法であるとは認められない。

２　本件医務巡回の際の投薬拒否及び暴言について

(1)　投薬拒否について

原告は，本件医務巡回の際，体温が３８℃あり，それを申告したにもかかわらず，[redacted]保健助手が，原告の態度が悪いという理由で薬を処方しなかったと主張し，原告本人は，「医務巡回の際，番号を言うのを拒んだところ『番号言わんかい。こらっ。』等と言われて一方的に打ち切られた。」旨供述する。

しかし，当日の備薬使用簿には，原告の体温について「ＫＴ＝３７．０℃」と記載されていること，及び当日原告が入浴をしていること（乙３，原告本人）に照らすと，医務巡回の際原告に３８℃の熱があったとも，その旨申告したとも認められない。

また，証拠（乙3，6，7）によれば，本件医務巡回の際，原告と[redacted]保健助手は，原告が呼称番号，氏名を申し出なかったことで口論になり，原告が同保健助手に対し，名前を教えろと主張するばかりで回診ができなかったこと，同保健助手が約30分後に再度巡回すると，原告はのどの痛みを訴えたが，同保健助手の見たところ，原告ののどに発赤は認められなかったこと，同保健助手がその旨告げると，原告は，興奮してフロア中に聞こえる声で怒鳴ったが，朝の医務巡回受付時に原告が申し出た症状（頭痛，鼻痛，腰痛，歯痛）については何ら訴えなかったことが認められる。これらの事実からして，[redacted]保健助手が原告に対する診療を一方的に拒否したとは認められない。

よって，原告本人の前記供述は採用することができない。他に，原告の前記主張を認めるに足りる証拠はない。

(2) 暴言について

ア　本件医務巡回の際，[redacted]保健助手が，原告に対し，「ようかかってこんのかい。根性ないのう。」と述べたことは，当事者間に争いがなく，証拠（乙6，7）によれば，同保健助手は，さらに，「かかってくるんやったら，かかってこい。」「お前，口だけかい。」などと述べたことが認められる。原告は，[redacted]保健助手が，「かかってくるんやったら，かかってこい。」ではなく，「おまえなんぼのもんじゃい勝負したるからかかってこい」と述べたかに主張するが，これを認めるべき証拠はない。

[redacted]保健助手が上記発言をした経緯について，被告は，「シャバに出てから拳銃でど頭弾いたるからな。」旨言った原告に対して同保健助手が言い返したものであると主張し，これに沿う記載のある[redacted]看守部長及び[redacted]保健助手作成の各報告書（乙6，7）を提出する。他方，原告はこれを否定し，「かかってこい。」という[redacted]保健助手に対し，「ピストル突き付けたら逃げていくのにそんなこと言うな。」と言ったにすぎない旨主張す

る。

この点，「かかってくるんやったら，かかってこい。」「お前，口だけかい。」という発言は，その文言に照らして，原告の攻撃的な発言に対する返答としてされたものであるとみるのが自然であること，当日の備薬使用簿の原告の欄には「大きな声を出し，やらへんのやったらシャバへ出てから拳銃でドタマ弾いたるからなと威圧的な態度で要求する。」旨記載されていること（乙3），原告本人は，[redacted]保健助手の発言に至るやり取りの内容を明確に記憶していないこと，「かかってこい。」と言われたのに対し，「ピストル突き付けたら逃げていくくせに」云々と言い返すのは唐突で不自然であることからすると，同保健助手の上記発言は，原告の「シャバに出たら，拳銃でど頭弾いたる。」等との趣旨の発言を受けてなされたものであると認めるのが相当である。

なお，原告は，その本人尋問において，「仮に，原告が大声でそのような発言をしたなら，必ずその場で懲罰になっているはずだが，原告は懲罰になっておらず，そのような発言がなかったことを裏付ける。」旨供述するが，原告の発言の直後に[redacted]保健助手が後述のとおり妥当性を欠くと言わざるを得ない前記発言をしたことからすると，原告に対する懲罰の要否及び適否並びに懲罰を課すとしてその内容を即断することはできない状況にあったと推測されるから，原告に対してその場で懲罰が課せられなかったからといって，前記認定の原告の発言がなかったとはいえない。

イ　前記ア認定の樫元保健助手の発言は，刑務所（拘置所）の職員として妥当性を欠くと言わざるを得ない。しかし，前記第3の2(1)，同(2)ア認定事実によれば，本件医務巡回の際，[redacted]保健助手と原告との間で，呼称番号及び氏名の申告並びにのどの治療等に関して口論又はそれに近いやり取りが続いた後，「シャバに出てから拳銃でど頭弾いたるからな。」等との原告の挑発的かつ攻撃的な発言に対抗して同保健助手の前記発言がなされたものと認められる。要するに，[redacted]保健助手の前記発言は，被収容者と刑務所職員との間の口論が徒らに感情的非難に随していく中での発言の一部と言うべきものであるから，これのみを取り上げて国家賠償法上の違法性があるというのは相当ではないし，原告が攻撃的な発言をし，自ら精神の平穏を乱し，同保健助手を挑発していることからすれば，原告が慰謝料をもって償うべき精神的苦痛を被ったともいえないというべきである。

ウ　なお，原告は，原告と[redacted]保健助手が口論になったことで，原告は懲罰という不利益を受けたのだから，同保健助手が刑務官にあるまじき発言をしたことにつき，被告も不利益を受けるべきである旨主張する。

しかし，懲罰は，未決勾留者等を集団で施設に収容管理する上で必要な規律維持を目的として規律違反の行為に対し科せられるものであるのに対し（監獄法５９条），国家賠償法上の責任は，公務員の違法行為により損害を被った者に対する損害賠償責任を国に負わせるものであるから（同１条１項），両者はその趣旨，目的を異にし，法文上要件効果も異なっている。したがって，懲罰の対象となる規律違反行為と，国家賠償法上違法と評価される行為は同じではなく，原告が[redacted]保健助手との口論で懲罰を受けたからといって，同助手の発言が国家賠償法上の違法行為に当たるとはいえない。また，刑務所（拘置所）職員として妥当性を欠く行為が直ちに国家賠償法上の責任を生じさせるものでもないから，原告の上記主張は採用することができない。

3　結論

よって，原告の請求は理由がない。

大阪地方裁判所堺支部第１民事部

裁判長裁判官　[redacted]

履歴事項全部証明書

[redacted]
ＮＰＯ法人子供の味方

会社法人等番号	１２００－０５－０２３８１９
名　称	ＮＰＯ法人子供の味方
主たる事務所	[redacted]
法人成立の年月日	令和５年８月７日
目的等	目的及び事業 この法人は、子供たちに対して子供食堂の運営をはじめとする子供たちに幸せを運ぶ事業や、動物の命を守る事業を行い、子供たちと動物の福祉の向上に寄与することを目的とする。 この法人は、その目的を達成するため、特定非営利活動促進法第２条別表のうち、次に掲げる種類の特定非営利活動を行う。 （１）保健、医療又は福祉の増進を図る活動 （２）環境の保全を図る活動 （３）子どもの健全育成を図る活動 この法人は、上記の目的を達成するため、次の特定非営利活動に係る事業を行う。 （１）子供食堂の運営事業 （２）子供たちにポップコーンなどのお菓子を配布する事業 （３）子供たちをテーマパークに招待する事業 （４）動物の命を守る事業 （５）その他この法人の目的を達成するために必要な事業
役員に関する事項	[redacted] 理事　　　　　中　林　和　男
登記記録に関する事項	設立 令和　５年　８月　７日登記

これは登記簿に記録されている閉鎖されていない事項の全部であることを証明した書面である。
（大阪法務局管轄）

令和　５年　８月１６日
大阪法務局天王寺出張所
登記官　[redacted]

整理番号　ミ１５１０７６　　＊　下線のあるものは抹消事項であることを示す。　　１／１

履歴事項全部証明書

[redacted]
合同会社ゴミ林ゴミ男

会社法人等番号	１２００－０３－０１６８３７	
商　号	合同会社ゴミ林ゴミ男	
本　店	[redacted]	
	[redacted]	令和　２年１０月１４日移転 令和　２年１０月２１日登記
	[redacted]	令和　４年　５月　３日移転 令和　４年　５月　６日登記
公告をする方法	官報に掲載する方法により行う。	
会社成立の年月日	令和２年１月１０日	
目　的	１．出版業 ２．著作権、著作隣接権、商標権、意匠権等の知的財産権の取得、譲渡、使用許諾及び管理業務 ３．芸能プロダクションの経営 ４．芸能タレント、音楽家、映画監督、脚本家、演出家、スポーツ選手、文化人等の育成並びにマネジメント及びプロモート業務 ５．各種セミナー、イベント等の企画、開催、運営及び管理 ６．各種商品の企画、製造、販売及び輸出入 ７．通信販売業 ８．インターネットによる広告業務及び番組配信 ９．前各号に附帯関連する一切の事業	
資本金の額	金２０万円	
社員に関する事項	業務執行社員　[redacted]　和　男	
	業務執行社員　中　林　和　男	令和　５年　７月１２日[redacted]和男の氏変更 令和　５年　８月　７日登記

[redacted]
合同会社ゴミ林ゴミ男

	[redacted] 代表社員　[redacted]　和　男	
	[redacted] 代表社員　[redacted]　和　男	令和　２年１０月　４日住所移転 令和　２年１０月２１日登記
	[redacted] 代表社員　中　林　和　男	令和　５年　７月１２日[redacted]和男の氏変更 令和　５年　８月　７日登記
登記記録に関する事項	設立	令和　２年　１月１０日登記

[redacted]

これは登記簿に記録されている閉鎖されていない事項の全部であることを証明した書面である。
（大阪法務局管轄）
令和　５年　８月１６日
大阪法務局天王寺出張所
登記官　[redacted]

整理番号　ム１５１０８３　＊　下線のあるものは抹消事項であることを示す。　２／２

領収書
NO. 3
中林和男 殿
金額 ¥60000
但し、当法人が行なう社会福祉事業のための寄附金
(所得税法第78条第2項第3号該当)
(法人税法第37条第1項及び第4項該当)
2023年4月8日上記有難く領収致しました。
大阪市生野区林寺5丁目11番24号
社会福祉法人田島童園
理事長 下川隆士

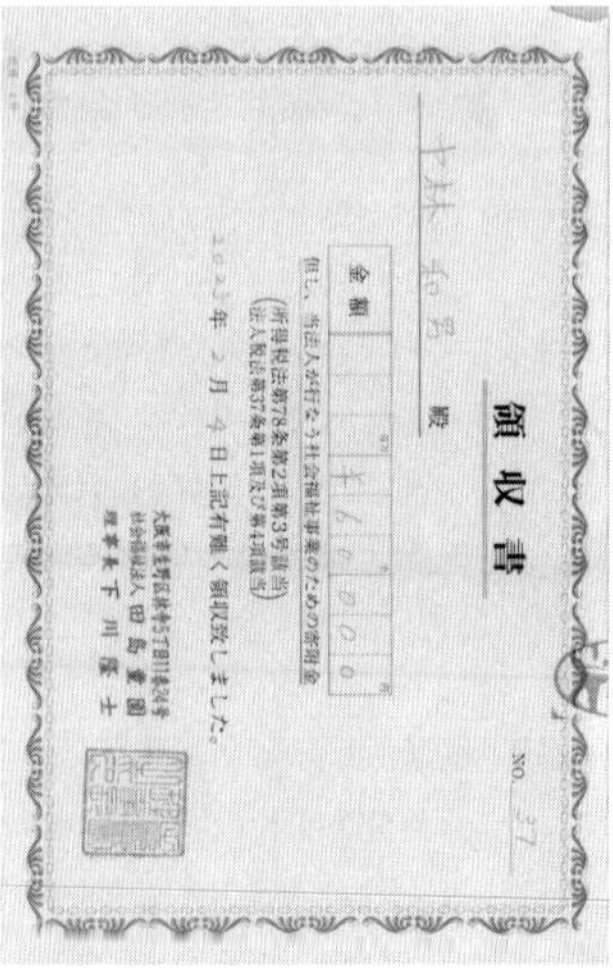
領収書
NO. 37
中林和男 殿
金額 ¥60000
但し、当法人が行なう社会福祉事業のための寄附金
(所得税法第78条第2項第3号該当)
(法人税法第37条第1項及び第4項該当)
2023年2月4日上記有難く領収致しました。
大阪市生野区林寺5丁目11番24号
社会福祉法人田島童園
理事長 下川隆士

領収書
NO. 4
中林和男 殿
金額 ¥60000
但し、当法人が行なう社会福祉事業のための寄附金
(所得税法第78条第2項第3号該当)
(法人税法第37条第1項及び第4項該当)
2023年5月6日上記有難く領収致しました。
大阪市生野区林寺5丁目11番24号
社会福祉法人田島童園
理事長 下川隆士

領収書
NO. 42
中林和男 殿
金額 ¥60000
但し、当法人が行なう社会福祉事業のための寄附金
(所得税法第78条第2項第3号該当)
(法人税法第37条第1項及び第4項該当)
2023年3月5日上記有難く領収致しました。
大阪市生野区林寺5丁目11番24号
社会福祉法人田島童園
理事長 下川隆士

領　収　書

中林　和男　様

¥564,768

但し、当法人が行う社会福祉事業のための寄附金

社会福祉法人が発行する
領収書は印紙税が非課税
となっております。

所得税法第 78 条第 2 項第 3 号該当
租税特別措置法第 41 条の 18 の 3 該当
法人税法第 37 条第 4 項該当

令和 3 年 1 月 29 日（349,272 円）、令和 3 年 7 月 30 日（107,748 円）
令和 3 年 8 月 31 日（107,748 円）
上記有難く領収致しました（再発行分）

社会福祉法人　大阪府社会福祉協議会
会　　　長　井　手　之　上　優

社会福祉法人
大阪府社会福祉
協議会長之印

中林和男・近影

中林　和男（なかばやし　かずお）

昭和38年生まれ　新聞配達員
中2でシャブを覚え泥沼の世界にどっぷり浸かり、中林だけは更生不可能であると太鼓判を押されていた。しかし新宿歌舞伎町阿形充規先生との御縁、大阪刑務所の流合（ハッケ）さん、原田さん2人の刑務官との出会いにより、癌や白血病より治療が難しい、シャブ中という病を完全克服。これまで世間に山盛り迷惑をかけたことを懺悔し、贖罪の意味を込めて毎朝2時に起きて新聞配達をしている。

オレがこれからやるべきこと
恵まれない子供達にお腹一杯ご飯を食べてもらう為、日本一大きい子供食堂を作る。現在その準備を進めている。己れの全ての欲を捨て、目標に向かって日々精進しているところである。

ゴミと呼ばれて　加筆改訂版　刑務所の中の落ちこぼれ

2023年12月1日　第1刷発行

著　者　中林和男

発行人　中林和男

発行所　中林和男出版社

〒544-0034　大阪市生野区桃谷2-9-4

イルソーレ桃谷202号室

電話／ファクス 06（6795）4050

発売元　株式会社 星雲社（共同出版社・流通責任出版社）

〒112-0005　東京都文京区水道1-3-30

TEL 03（3868）3275

装幀　ソナガチ企画

印刷・製本　冊子印刷社（有限会社アイシー製本印刷）

ISBN 978-4-434-32896-1